Te REVOIR

Pauline Fichot

Te REVOIR

Retrouvez-moi sur **paulinefichotauteur.net**
Je vous encourage vivement
à vous inscrire sur la newsletter de mon site,
cela me permettra de vous tenir au courant
de la sortie de mon second roman
et de vous envoyer une nouvelle !

Correction, couverture et mise en page : 2LI
ISBN : 979-10-359-3398-2
Dépôt légal : Juillet 2021

L'art n'est pas ce que vous voyez,
mais ce que vous faites voir aux autres.
J'ai passé toute ma vie à essayer.

Édouard Degas,
à son marchand d'art Antoine Vollard

Ce livre est dédié au Rire du Monde et à oncle Jean,
passionné de navigation,
qui disait mystérieusement que les plus grands voyages
étaient ceux que l'on faisait dans sa tête.

1

UN VOYAGE

Une rue sale, comme abandonnée, quelques rares passants à la mine hébétée, marchant comme par habitude sans réelle destination : Elena n'aurait pas imaginé que ce quartier pauvre de la ville, appelé le Tiers, puisse être aussi sinistre. Le découvrir à travers la vitre teintée d'une voiture de luxe amplifiait son malaise, même si elle était assise entre sa mère et Ariane, une vieille amie au relationnel mouvant.

Elena et sa mère avaient été invitées à accompagner Ariane pour explorer un lieu que celle-ci avait découvert avec enthousiasme, « un site original », lui avait-elle dit au téléphone, « qui lui plairait certainement ». Ariane les avait entraînées dans un quartier un peu caché, en contrebas de la ville haute, où vivaient les plus démunis. À l'arrière de la voiture conduite par un chauffeur, au fur et à mesure qu'elles traversaient des zones de plus en plus inquiétantes, Ariane les rassurait en souriant tout en leur affirmant que tout cela était sans danger.

La voiture s'arrêta devant une vieille porte vermoulue et Ariane sortit rapidement, suivie d'Elena et de sa mère. Elle poussa la porte sans hésitation, les invitant d'un geste nonchalant à les suivre. Pour dire la vérité, Elena et sa mère n'en menaient pas large, tentant de se rassurer en se disant qu'une personne aussi convenable qu'Ariane ne pouvait s'abaisser à une blague crapuleuse. Pour sa part, Elena savait que son amie la connaissait bien et était prête à tout pour l'étonner et lui faire découvrir un lieu « pittoresque » : Elena acceptait de jouer à ce jeu-là.

Aujourd'hui, son univers tout entier se résumait à une table et ses deux mains qu'elle apposait sur la tête des autres.

Des années pour trouver sa voie. Un ancrage qui en vaille la peine et une communication – la seule possible pour elle avec le monde extérieur –, par le toucher. Dans le silence et l'attention. Le monde, finalement, n'était qu'une bulle.

Elle était alors capable de créer un échange, dans ce lieu où elle était écoutée, très écoutée en tant que thérapeute, et cela l'avait vraiment étonnée au début. Elle, l'invisible, devenait respectée. Exister les yeux fermés, telle l'aveugle qui ressentait intensément le monde, sur une autre tessiture, un mode de vie parfaitement adapté à sa façon malhabile d'exister parmi les autres. Découvrir avec ses mains les émotions intenses qu'un nouveau-né vivait, ses questionnements qu'il communiquait avec clarté, avec justesse même. Pouvoir partager ces ressentis avec ce petit être sans parler, réussir à rompre sa solitude et l'aider à effacer les émotions négatives qui le tourmentaient.

Les humains, aussi bizarres qu'ils soient dans la vraie vie, laissaient leur corps exprimer des sentiments émouvants de fragilité. Leurs tissus se livraient avec délicatesse, tentant de trouver un chemin de réconciliation avec eux-mêmes. Elena pouvait entendre ce langage ; elle pouvait les aider à extirper doucement ces débuts de naissances intérieures : elle était ostéopathe crânienne. Elle, qui ne savait comment se comporter dans un groupe de personnes affairées à combler le silence par des remarques affolantes de non-sens, pouvait prendre son vol librement et exister dans cet échange muet, aider même.

Elle ne savait pas séduire, adapter sa communication à ceux qui ne l'intéressaient pas. Directe, elle était qualifiée de peu diplomate. Évidemment, comme si mettre le doigt juste là où le bât blessait était ressenti comme une menace dont il valait mieux s'écarter. Elena avait très vite compris cette incompatibilité sociale. Soigner avec les mains lui permettait de comprendre comment vivaient les autres, à défaut de les imiter. Comme un cours de sociabilité appris sur le tas, comme si elle visionnait toute une série télévisée sur la vie d'une famille, entourée d'amis et de voisins : voilà le mensonge, voilà les trahisons, ici une liaison, ailleurs un repas de famille déchaîné, un moment entre copains teinté de confidences policées…

Sa formation de thérapeute avait été un parcours du combattant, incapable qu'elle était de communiquer ses peurs de l'autre et ses colères. Il y avait eu de belles rencontres, des professeurs magnifiques, mais elle s'en était tenue éloignée le plus possible. Elena n'avait pas appris les mêmes règles de jeux qu'eux ; non qu'elle se sente supérieure à eux, simplement, les interactions de groupe et de pouvoir la blessaient tant qu'elle avait construit son monde personnel à l'écart, avançant à son gré, au fur et à mesure de ses propres découvertes.

Dans sa pièce de travail, un Bouddha côtoyait une icône de la Trinité. Des dessins d'enfants, une photo de jeunes Tibétains vêtus d'orange qui éclataient de rire en montrant des dents disparates en cours de réajustement, la photo d'une jeune Israélienne priant devant une bougie dans la pénombre, au lendemain de l'assassinat d'un homme politique israélien qui prônait la paix. Son bureau était une table du dix-huitième siècle aux peintures écaillées et faisait face à une table de massage de haute technologie. Un monde d'objets disparates, reliés entre eux pour leur charge affective propre, hors des conventions.

Sa vie amoureuse avait suivi le même chemin jusqu'à ce qu'elle décide qu'elle en avait assez fait les frais. Autant vivre seule, le cœur serré de ne pouvoir partager un monde plus grand à deux. À un moment, Elena avait ressenti le besoin de changer de pays. Créer un nouveau paysage, pas trop éloigné de son environnement d'origine. Cela lui permettrait aussi de se lancer plus à fond dans la peinture, maintenant qu'elle avait suffisamment d'aisance financière pour gérer une clientèle moins importante. De l'air frais, tout recommencer dans une découverte quotidienne et s'émerveiller à nouveau de ce que chaque jour pouvait vous offrir.

Bien sûr, il y avait eu quelques vagues d'étonnement et de mises en garde, mais Elena avait gardé son cap en tête, rassurant les uns et les autres en leur promettant de revenir régulièrement les retrouver. L'Angleterre l'attirait depuis longtemps, parfumant ses livres de chevet de cette poésie délicate et mélodieuse. Ce fut donc l'Angleterre, ses villes et un appartement vite trouvé, assez grand pour recevoir des patients, assez grand pour offrir une grande pièce atelier à l'éclairage parfait.

Quelques-unes de ses connaissances y vivaient déjà, certains y avaient emménagé : juste ce qu'il fallait pour ne pas être totalement isolée, juste assez peu pour ne pas participer à leurs fêtes trop souvent. Ariane était l'une de ces amies, expatriée elle aussi : Elena aimait sa présence et sa tolérance face à ses refus quasi systématiques d'invitations à des dîners formels ou des réceptions encore plus formelles. La dernière fois qu'elle avait été invitée par elle à un gala, Elena avait dû avancer dans un parc sur une allée menant à la magnifique demeure, allée peuplée de personnes en robes du soir et tenues de soirée attendant patiemment leur tour pour obtenir leur place numérotée pour le grand dîner qui devait suivre. Comme si être bien placé à un dîner parfaitement ennuyeux justifiait cette attente ridicule ! Elena avait réussi à marcher sur la robe de la femme qui la précédait, par inattention, alors qu'elle avançait pour suivre ce mouvement interminable : ce fut une avalanche d'épithètes hargneuses qui retombèrent sur sa tête. Mais avait-on idée aussi de porter des robes quasiment à traîne ? Elena avait alors décidé de ne pas finir sa coupe de champagne et était repartie, la soirée à peine commencée, après avoir décliné la proposition de tablée. Cela frisait le handicap social. Mais autant accepter sa propre nature et aller de l'avant à sa façon.

Sa propre mère venait parfois lui rendre visite dans ce nouveau pays et ne manquait pas de chanter les louanges de cette amie Ariane, tout en regardant bizarrement sa fille ; comme si elle se demandait comment Elena avait bien pu en devenir proche, certaine qu'elle ne réalisait pas sa chance d'être ainsi admise dans ce milieu privilégié et fermé. Pour sa part, Elena souriait intérieurement en l'entendant vanter cet entourage : autant ne pas doucher son enthousiasme en lui décrivant certaines pratiques que sa mère avait toujours critiquées. Elle-même se demandait régulièrement, à l'inverse, comment Ariane pouvait continuer à rester son amie, dans un tel enchevêtrement de convenances et de paroles vides qui l'entouraient constamment. Elle-même ne savait pas tricher.

Ce jour donc, Ariane les avait amenées dans ce lieu un peu caché, situé dans les quartiers du Tiers, où son mari avait mis en place un atelier de production, et Elena était prête à jouer le jeu. D'autant plus qu'elle avait à se faire pardonner sa fuite précipitée en plein milieu d'une partie de thé, devant une piscine. Cela avait été plus fort qu'elle : un malaise grandissant l'avait prise à la gorge lorsqu'elle avait tenté d'écouter des conversations toutes plus malsaines les unes que les autres et ce fut au motif d'une migraine brusque et intense qu'elle avait pris congé, laissant les autres convives stupéfaits de son incorrection. Maintenant, elle devait y mettre un peu du sien, si elle ne voulait pas se fâcher définitivement avec son amie.

Un escalier étroit, bas de plafond, se présenta à elles, dès le palier à l'entrée de la maison ; elles le suivirent et descendirent prudemment, curieuses, jusqu'à déboucher sur une drôle de pièce ressemblant à une grotte, une sorte de cave tapissée de pierres blanches apparentes. Trois hommes y travaillaient en silence, leurs yeux cachés par de grosses lunettes noires, rendant leur expression invisible. Elena apprit plus tard, étonnée par leur silence, qu'ils avaient l'interdiction de parler pendant leur travail : comment et pourquoi interdire un échange verbal ? Ces lunettes noires leur permettaient une vision en relief nécessaire pour réaliser leurs tâches minutieuses, avait dit Marc à sa femme, pour répondre à sa question… En tout cas, ils ne jetèrent qu'un regard rapide sur elles et revinrent à leurs occupations, dans un silence perturbant. Dans le fond de la pièce s'entassaient des cartons avec un logo carré rouge et blanc ; sans doute contenaient-ils ce que les ouvriers avaient confectionné et attendaient-ils d'être expédiés.

Les hommes continuaient à travailler, comme absents, sur des machines à coudre sophistiquées. Ils devaient donc être employés par le mari d'Ariane, qui faisait du commerce à un niveau international et dont le goût prononcé pour le commerce échappait à Elena ; elle préférait ne pas saisir exactement en quoi cela consistait, pressentant des tenants et aboutissements éloignés de son éthique personnelle.

Ariane était le côté lumineux, la face visible et humaine de cet homme impénétrable, froid et distant. Ariane était une amie et une amie, souvent, a plusieurs facettes ; Elena en aimait une et, comme d'habitude, elle « rêvait » les gens, ne percevant que le côté lumineux en eux, comme si c'était ce cristal entraperçu qui était la réalité. En fait, elle devait pressentir leur potentiel et y croire si profondément qu'elle pensait que cette vision allait leur donner l'opportunité de se développer. Donc, au mieux, ne pas comprendre ce que cet homme, pour la survie de sa propre âme, ressentait était une mesure de sauvegarde personnelle.

— Oh, mais que font-ils donc ? s'exclama Elena en commençant à s'approcher d'eux pour mieux voir leur travail intriguant.

Avec surprise, Elena les sentit tenter de reculer à son approche en se renfonçant dans leur siège, le regard toujours fixé sur leurs machines, mais visiblement sur le qui-vive désormais. Ariane la retint fermement par le bras pour l'empêcher d'avancer davantage :

— Ne t'approche pas d'eux. Marc m'a expressément demandé, lorsqu'il m'a amenée ici pour visiter le lieu, de ne pas les déranger ni d'entrer en contact avec eux. Il semble qu'ils aient une tâche si minutieuse qu'elle exige une concentration maximale.

À ces mots, proférés pourtant à mi-voix, Elena ressentit un relâchement immédiat de la tension de leur posture.

Quelle étrange atmosphère, vraiment, se dit-elle intérieurement. *On se croirait dans* Alice au pays des merveilles*, il ne manque que le lapin blanc !* Mais cela ne l'étonnait qu'à moitié : à employeur étrange, employés intrigants... Autant respecter les règles du jeu et leur besoin de silence, elle ne tenait pas à davantage s'immiscer dans cet univers perturbant. D'ailleurs, Ariane, soudain pressée, les tirait avec empressement vers un petit couloir latéral plus paisible. Elle semblait impatiente de leur faire découvrir un nouveau lieu.

La salle encavée était éclairée par une lumière extérieure venant de la droite : on y entendait un petit bruit d'eau frémissante et le trio de travailleurs lui faisait face. Avant qu'Elena ait eu le temps de s'interroger davantage sur cette luminosité, Ariane leur désigna de nouveau sur la droite un petit couloir, étayé de poutres blanchies, qu'elles suivirent en silence : ce couloir donnait tout au bout sur une pièce, un lieu semblant daté de la Renaissance, aux proportions harmonieuses, un lieu conservé, préservé tel quel depuis des centaines d'années, puisqu'il avait été creusé dans la roche, protégé du monde extérieur. Avec ses plâtres, ses colombages discrets de bois poli gris, couverts d'une poussière propre et farineuse, c'était un lieu très pur, lumineux, silencieux. Elena fut émerveillée par la quiétude du lieu, ses proportions parfaites et sa simplicité accueillante. En extase, elle effleura ces murs blanchis comme s'ils détenaient de belles histoires passées et distingua alors de nouveaux petits escaliers discrets dans le fond de la pièce : c'était trop tentant et, sans un regard en arrière, elle se faufila dans une de ces ouvertures mystérieuses. Il y régnait une sorte de vie joyeuse, incompréhensible.

— Quelle chance, Ariane, s'écria-t-elle, c'est merveilleux !

Mais Elena eut l'impression que ses accompagnatrices ne l'entendaient plus. Même si elles ne désiraient pas la suivre, elle voulait absolument découvrir cet étrange lieu. Les escaliers se croisaient, changeaient de direction et de pente, certains montant, certains descendant encore plus bas. Effleurant le mur couvert de salpêtre et doux au toucher, elle ne résista pas à l'envie de toucher ces petites étagères de bois gris, déposées ici et là sur les murs. Des étagères vides et pourtant solides, elle avait vérifié leur assise en passant.

À un moment, Elena décida d'emprunter l'escalier qui descendait encore, pensant que les autres la suivraient. Il débouchait, à sa grande surprise, sur une sorte de plate-forme pierreuse, ouverte sur l'extérieur d'un côté et enchâssée dans une large grotte de pierres blanches. Elle poussa un cri d'émerveillement : quelle délicieuse lumière ! Un de ces instants de grâce dans la contemplation de la beauté évidente, et pourtant si rares.

À gauche, sur une étagère de vieux bois discret, étaient posés de petits sacs disparates, soignés. Elena en ouvrit un, incapable de résister à la curiosité : il contenait des petits bijoux discrets, les bijoux d'une vie de femme simple, mais des bijoux qui avaient illuminé ses rêves. Elle aurait pu – ce qu'elle avait commencé à faire, d'ailleurs, avec convoitise, elle le reconnaissait – fouiller, chercher des objets précieux, de l'or, mais un sentiment de gêne la gagna : cela ne lui appartenait pas. Elle visualisa une vieille dame inconnue et digne, rangeant ses trésors dans ces petits sacs simples, à la veille de son grand départ : non, elle n'y toucherait pas ! À la pensée de mains avides d'or, se ruant vers ces dépôts offerts à la vue de tous, elle ne put se retenir de frémir. Elle ne parlerait pas de ce lieu qui devait être protégé.

Elle s'approcha alors de la corniche et découvrit, éberluée, une rivière coulant un peu plus bas, ce qui expliquait le bruit de l'eau perçu en haut dans la salle de travail. Quelques arbres aussi en contrebas. Au loin, on pouvait voir les gratte-ciel de la Ville Haute, striant le ciel de leurs cris métalliques ; elle en venait, mais n'arrivait pas à comprendre le chemin parcouru pour arriver jusqu'ici, n'ayant jamais entendu évoquer ce lieu silencieux et cette rivière préservée. Comment un espace si verdoyant avait-il pu conserver son calme virginal d'avant la civilisation ? C'était impossible ! Elle devait être en train de rêver sans s'en apercevoir, elle allait bientôt se réveiller. En se penchant plus avant sur le promontoire, elle constata que la corniche où elle se trouvait était dans l'alignement d'autres grottes enchâssées dans une grande falaise blanche et qu'une autre falaise lui faisait face, de l'autre côté de la rivière, elle aussi blanche et percée de petites grottes vides, plus ou moins cachées par une verdure envahissante. La rivière coulait paisiblement en contrebas de ces deux falaises, un doux murmure de fond.

C'était comme si, brusquement, elle avait été transplantée dans un lieu où il devenait possible de vivre une autre réalité, dans un temps suspendu au-dessus de la rivière, si loin des tours urbaines grises et écrasantes. Retrouver sa propre pesanteur dans un monde semblant uniquement créé par sa conscience. Elena se sentait comme un enfant émerveillé devant un caillou à première vue anodin, mais qui représentait pour lui un trésor, tant il offrait de facettes mystérieuses, chacune évoquant un monde différent empli de multiples possibilités.

Le parfum d'un chèvrefeuille, accroché à la paroi rocheuse, berçait sa rêverie en l'enveloppant de sa senteur subtile et insistante. *Oui, c'est possible !* semblait-il chantonner, dans une légèreté confiante, presque enfantine. Cette fragrance se mêlait à celle de la mousse qui tapissait certaines roches, tandis que la chaleur des rayons du soleil les amplifiait en douceur. Par curiosité, Elena s'approcha du recoin rocheux tapissé de mousses : une source sourdait de la roche pour s'écouler sur la pierre et disparaître de nouveau à ses pieds dans un interstice pierreux. Seule au monde, face à l'immensité de cette nature bienfaisante, elle sentait physiquement le blanc des roches, ponctué de feuillages frémissants, laver les doutes et les fantômes de brume persistants. Seul bruit dans ce silence envoûtant, le chuchotement du cours d'eau, alternant gloussements enfantins et petits éclats de rire. La magnificence du lieu la saisit à la gorge, l'emplit d'émotions de gratitude : elle aurait pu se mettre à chanter.

Une tourterelle lança soudainement son appel, un appel d'attente mélancolique. Surprise, Elena leva son regard vers la cime des arbres pour tenter de l'apercevoir et sentit, plus qu'elle ne le vit, un regard, ainsi qu'un léger mouvement. Intriguée, ses yeux fouillèrent les alentours pour trouver la cause de cette perception, un point insolite dans cet espace désert : là, une tache en mouvement se tenait quasiment face à elle, une forme humaine habillée de blanc et donc difficilement discernable sur le fond immaculé des falaises.

2

UN RETOUR

En regardant plus précisément en face d'elle, pour voir si on la voyait, elle aperçut une autre grotte de même proportion et, ce qui la fit sursauter de tout son corps, un homme debout, qui la dévisageait en silence. Mais où était-elle donc ? Aucune inquiétude pourtant, dans ce silence bleuté par le bruit chantant de l'eau ; au contraire, un sentiment absolu de sécurité peu compréhensible tant la situation aurait pu être alarmante, loin de tout secours et dans un lieu inconnu.

Un homme se tenait ainsi de l'autre côté des falaises. Celui-ci finit par lui faire un léger signe de salut de la main quand il réalisa à son tour qu'elle l'avait aperçu ; il semblait intrigué, mais cordial. Une salutation étrange, dans un lieu hors du temps. Qui était-il ? Que faisait-il ici ? Que faisait-elle, elle-même, ici, d'ailleurs ? Ce lieu lui avait semblé si décalé qu'un être humain s'y manifestant semblait lui redonner une forme de réalité.

Elle le vit se pencher à son tour vers le bord, descendre un petit sentier à peine visible vers la rivière et fouiller parmi quelques branches du taillis à sa droite pour en extirper une petite barque dans laquelle il grimpa. Debout, les bras ballants, elle comprit qu'il voulait se diriger vers son promontoire. Curieusement, elle ne ressentait aucune crainte, comme si elle attendait presque ce geste. Quelqu'un de déterminé se donnait les moyens de parvenir jusqu'à elle, quelqu'un avait apparemment le désir de la rencontrer alors que, la plupart du temps, les hommes la fuyaient, ou s'éloignaient en tout cas rapidement devant elle, saisissant tous les prétextes imaginables pour masquer leur lâcheté. Et il y avait, cette fois, suffisamment de points troublants qui auraient pu justifier une fuite.

Étonnée, elle regarda l'homme progresser vers elle volontairement et se rapprocher aussi simplement qu'une intention que l'on réalise ; quelqu'un venait à elle ! Calmement, il attacha son embarcation à une branche en bas, sauta sur le sol et remonta lentement la falaise vers elle. Clouée au sol, elle se sentait incapable de parler. Sa tête apparut en premier, se détachant du sol pierreux sur lequel elle se tenait, dans l'expectative. C'était une belle personne, elle le voyait au halo qu'il dégageait. Son regard ferme ne jugeait pas, envoyait clairement son message et, parvenu à sa hauteur, il la dévisagea longtemps, prenant son temps. Il se redressa, grand mais non menaçant, la tête un peu penchée sur le côté, comme s'il réfléchissait à cette curieuse situation. Elena aimait sa présence réconfortante, presque rassurante. Au bout d'un long moment de silence pesant, il finit par lui sourire et, dans ce sourire, elle vit se bousculer, advenir ce en quoi elle ne croyait plus : un être vivant, un homme, un homme fiable, la voyait telle qu'elle était.

— Bonjour, qui êtes-vous ?

L'homme venait de lui poser une question. *Question stupide, s'il en est*, se dit-elle. Ça commençait mal…

Elle ne put s'empêcher de rester silencieuse, car c'était une question à laquelle elle n'avait jamais su répondre : « Qui suis-je ? » *À quel niveau faut-il se placer ? Qui suis-je donc : un nom ? Aucun nom de famille ne me convient. Un prénom ? Porté par tant d'autres ! Une origine de naissance ? J'en suis partie et si loin... Une profession ?* Peut-être serait-ce ce qui lui correspondrait le mieux, mais décrire précisément sa profession demanderait une bonne journée d'explications, et encore, alors à quoi bon tenter d'expliquer ce qui lui avait demandé des années de recherche ? Donner un milieu social serait d'une grande escroquerie. *De toute façon, ce qu'elle pensait était incompréhensible aux yeux des autres*, se disait Elena en silence. Pourquoi essayer une fois de plus, pour se retrouver comme un petit caneton penchant son bec vers le sol parce qu'il se sentait seul ? Elle ne pouvait répondre, la tête baissée, clouée au sol par la désespérance de son silence et la vacuité de ce que cette réponse serait.

— Je suis ici, fut la seule réponse qu'elle put proférer, consciente de l'énormité de sa bêtise.

La seule réponse possible pourtant.

Il jeta un rapide coup d'œil autour de lui, comme incertain d'avoir vraiment entendu une telle affirmation, avant de lui parler à nouveau :

— Vous êtes seule ici, donc solitaire. Vous êtes honnête, puisque vous n'avez pas pris ces sachets, posés en évidence pour démasquer les voleurs. Vous pensez juste, puisque vous ne dites que ce dont vous êtes sûre. Vous êtes courageuse, puisque vous ne montrez aucun signe de peur quand vous pourriez vous effrayer de cette situation. Vous aimez la beauté et pouvez la percevoir quand elle s'offre à vous, vous aimez le silence et bizarrement, j'ai l'impression que vous avez capté ce que je suis seulement en me regardant. Cela fait déjà de vous quelqu'un de peu ordinaire !

Le tout fut dit avec rigueur, même si un léger sourire final vint atténuer la sécheresse de sa réponse. Il ne ressemblait pas à un artiste farfelu pourtant, même si la situation semblait surréaliste à Elena. Il portait des vêtements sobres, mais bien coupés, à la fois anodins et recherchés.

Bizarrement, pendant tout ce temps, Elena avait l'impression qu'ils s'étaient parlé en silence, d'âme à âme, dans l'émerveillement de ce premier contact, de ce regard lavé des peines pesantes du monde, lavé de l'appréhension tapie de ce qui allait suivre, de l'enchaînement possible à une réalité repoussante qui les regagnerait. Elle était ici, et seulement ici, la seule pensée tangible qu'elle pouvait ressentir au plus profond d'elle-même. Le précieux du moment présent, quand le passé n'est plus, le futur encore insaisissable ; ce moment présent, seule réalité et unique trésor. Un temps d'éternité, durant lequel tout se dit, instantanément.

Soudain, on entendit un rire aigu venant des étages supérieurs. L'inconnu leva brusquement la tête vers le bruit, puis lui lança un regard interrogateur. Elena dut lui expliquer qu'elle était venue accompagnée de sa mère et d'une amie et qu'elle seule, curieusement, avait découvert cet escalier descendant vers cette corniche.

Sans un mot de plus, il se dirigea vers la petite salle au-dessus, où se tenaient toujours les trois hommes en lunettes noires, après avoir fait un signe pour qu'Elena le suive. Il leur jeta un bref regard et reprit son chemin avec indifférence, se laissant guider par Elena qui, enfin arrivée à sa hauteur, l'entraîna vers la petite salle adjacente où se trouvaient Ariane et sa mère. Celles-ci discutaient toujours, autour d'une tasse d'un thé qu'Ariane avait emporté avec elle. C'était tellement hallucinant, ce passage, en une volée de marches, vers un monde parallèle qui, lui, n'avait pas bougé d'un iota, pour retrouver une réalité sociale bien vivante.

Vraiment, elle n'arrivait pas à comprendre l'insistance de l'inconnu à vouloir rencontrer ses accompagnatrices, alors qu'ils auraient pu rester tranquillement sur la corniche, tellement plus apaisante. D'instinct, elle sentait pourtant que les actes de cet homme étaient mûrement réfléchis, comme s'ils avaient un sens déterminé, même si elle ne pouvait que le pressentir.

Il lui fallut le présenter sommairement, inventant un prétexte au minimum crédible. Les deux femmes, ravies de la diversion, l'attirèrent dans un faux dialogue mondain, accaparant son attention dans un jeu de séduction viscérale, tout en se demandant, perplexes, comment Elena avait pu rencontrer cet homme merveilleux et le décider à la rejoindre, elle, l'asociale et rebelle. Elles emprisonnaient le silence, l'écoute et la beauté. L'ennui gagna Elena, cet ennui triste et résigné devant le vide de ces dialogues. Lui jouait le jeu en se pliant aimablement à ce rôle social, intégré au millimètre près ; elle l'entendait profiter de quelques pauses respiratoires pour poser des questions précises sur leur identité, leurs raisons de se trouver ici : il semblait recevoir exactement les renseignements qu'il voulait obtenir. L'homme jouait le jeu, calmement, en la regardant parfois songeusement.

Tout ceci agaçait prodigieusement Elena, restée silencieuse devant ce ballet d'inepties. Elle ne le connaissait pas assez pour lui faire confiance et ce doute l'atteignit plus profondément qu'elle ne le croyait possible ; l'avidité, le besoin d'accroître ses relations auraient-ils toujours gain de cause ? Elle décida de les laisser combler le vide de leurs vies en salissant le silence, en polluant tout ce qui aurait pu advenir et elle redescendit en douce d'autres escaliers inconnus. En fait, c'est à ce moment-là qu'elle découvrit des traces mystérieuses, mais matérielles, d'occupation des lieux par des êtres humains : un coffre poussiéreux, une lampe à huile posée sur une étagère, attendant le porteur de lumière. Tout ceci l'enchantait, mais il fallait rester discrète et revenir à ces oiseaux bavards.

Elle les retrouva dans la salle commune : sa mère et Ariane contemplaient cet homme qui avait pris un balai et enlevait la poussière déposée sur le sol de la petite salle adjacente à l'atelier, tout en plaisantant, comme pour s'occuper. Il releva les yeux en la voyant revenir, la fixa un instant avec intensité, puis reprit son manège comme si de rien n'était. Sa mère avait changé de robe et portait une tenue sophistiquée qu'elle ne lui avait jamais vue, chatoyante et métallique.

— Maman, tu es magnifique, dit-elle, étonnée de la voir si habillée dans ce lieu de simplicité même.

— Merci, je l'ai trouvée à Rio, pendant mes derniers séjours là-bas, répondit sa mère, rayonnante. Je voulais t'en faire la surprise, mais je n'ai pas pu attendre !

Elle resplendissait, elle se savait belle. Encore ce syndrome du petit canard honteux et baissant le bec qui revenait en force chez Elena… Ariane, elle, buvait des yeux cet homme, sûre de pouvoir le captiver avec tout ce qu'elle représentait de puissance, de générosité et d'éclat. Voilà encore une belle découverte : une bonne amie, pourtant mariée, qui tentait de séduire l'homme qu'elle leur avait présenté. Sa mère se posait en rivale, elle si aimante et soucieuse de son bien-être : tout cela volait en éclats quand il s'agissait de faire valoir sa prétendue féminité.

— Où donc étais-tu passée ? lui demandèrent-elles, étonnées sans être vraiment intéressées par tout ce qui ne les concernait pas directement.

— J'ai pris quelques escaliers, à la découverte… répondit Elena.

L'air nonchalant, l'homme au balai lui coupa la parole assez brusquement :

— Ah oui, le petit bout d'escalier qui semble se poursuivre… Mais vous avez bien vu qu'il s'arrêtait très vite, car la pierre n'a pas été taillée. Il ne reste qu'un mur de roches brutes. En fait, il n'y a rien d'autre ici que cette petite salle où nous nous trouvons et la grotte dans laquelle travaillent vos salariés.

Il la regarda alors fixement, tournant le dos un moment aux deux femmes, et lui intima le silence d'un signe discret. Tout ceci était incompréhensible, cependant, elle lui faisait confiance, étrangement, pensant qu'il voulait préserver un secret qu'elle était la seule du groupe à avoir découvert. Savoir qu'elle était la seule à connaître sa vérité lui réchauffa un peu le cœur ; ce partage les liait et il comprendrait qu'il pouvait lui faire confiance. La situation devenait intenable, elle ne savait pas jouer dans cette cour de récréation là, cela ne l'intéressait pas, c'était même déprimant, cette sorte de répétition de vides successifs.

— Je vais repartir maintenant, dit-elle en reprenant la parole. M'en aller.

— Mais pourquoi veux-tu partir, nous sommes bien ici, ensemble, n'est-ce pas ? rétorqua sa mère, surprise. Et puis, reprit-elle, pragmatique, le chauffeur d'Ariane ne pourra pas te raccompagner, il doit rester auprès d'elle.

L'esprit logique, intéressé, social...

— Tu pourrais faire un effort, tout de même ! conclut sa mère.

La devise d'Elena : ne jamais demander ni se plaindre. Ne jamais faire pression sur l'autre. Elle choisissait toujours la fuite comme un retrait digne, avait toujours refusé de se battre pour faire admettre à l'autre ce qui ne lui est absolument pas clair ou évident. Certains décrivaient cela comme une forme de manque de confiance ; elle aurait plutôt rectifié cette assertion en répliquant que c'était un manque de confiance en la vie – la vie telle qu'elle se dévoile chez les humains, une vie déloyale, injuste, cruelle. Le compromis lui semblait donc difficile, impossible, à moins de vouloir prendre le risque de perdre son âme. Quant à essayer de convaincre l'autre, elle se demandait qui y croyait encore, à moins d'arguments mensongers ou de tentatives malhonnêtes de déduction ; qui avait jamais pu croire qu'il pourrait faire adhérer l'autre à sa propre thèse ?

Si l'autre exposait son âme – ce qu'il ne faisait jamais, d'ailleurs… –, elle aurait pu arriver à entendre sa peine et tenter de trouver un compromis qui préserve le respect qu'elle avait de lui et d'elle-même.

— Pas de souci, je peux tout à fait rentrer seule à pied, marcher me fera du bien, répondit-elle, fermement décidée à quitter ce groupe.

Sa mère soupira en levant les yeux au ciel comme pour le prendre à témoin, montrant que sa fille lui restait incompréhensible, une enquiquineuse notoire.

— Je vous raccompagne pour vous montrer le chemin, intervint l'inconnu, à la déception des deux autres femmes.

Joignant le geste à la parole, il la précéda silencieux en remontant l'escalier qui menait à la rue. Parvenu à la porte de sortie, il se pencha vers elle et lui dit à mi-voix :

— Il est hors de question que vous repartiez seule dans la rue, elle est très dangereuse, tout comme ce quartier et vous n'y feriez pas long feu. Vous n'en avez même pas idée ! Accordez-moi cinq minutes, montre en main, le temps que j'aille chercher ce dont nous avons besoin pour aller dehors. Attendez-moi, promettez-le-moi, je reviens vers vous immédiatement. Je ne plaisante pas, reprit-il d'un ton décidé en la fixant, déterminé à attendre sa promesse.

Il avait compris son fonctionnement mental, elle ne put qu'acquiescer de la tête en signe d'accord. Il avait gagné.

— Me promettez-vous de m'attendre ici, le temps que je m'habille correctement ?

Cette promesse lui saisit le cœur, elle évoquait d'autres promesses qu'il lui demanderait de faire, elle qui détestait promettre. Celle-ci semblait être les prémisses d'une collaboration basée sur la confiance et la raison, deux sentiments angoissants par les précipices qu'ils pouvaient laisser entrevoir. Il avait compris comment elle fonctionnait, puisqu'il avait été direct dans ses demandes, clair, et s'était montré honnête avec elle. Il semblait aussi prendre son bien-être au sérieux et vouloir la protéger, presque montrer de l'inquiétude pour elle. Elena sentait qu'elle pouvait avancer sur un tel terrain, quelles qu'en puissent être les conséquences. Un sentiment inconnu l'envahit, de petites larmes lui vinrent au bord des paupières. Elle baissa la tête pour cacher son émotion et, après un silence, lui dit :

— C'est entendu, je promets d'attendre votre retour.

Curieusement, elle sentit se cimenter un sceau autour d'eux ; ils avaient jeté les dés d'une nouvelle création dans le monde, même si elle ne pouvait en dire plus. La vie redevenait lumineuse et simple, elle entendit au loin perler le rire soyeux de la rivière. Un dernier sourire discret et il entrouvrit la porte, regarda attentivement autour de lui, semblant y lire des indices qui échappaient totalement à Elena, puis disparut brusquement.

Attendre, un mot détesté celui-là aussi : un mot qui demandait beaucoup de confiance et de dépendance à l'autre, autant dire la préparation d'un océan de déceptions. Elena regarda sa montre pour se rassurer, bien décidée à déguerpir immédiatement une fois le temps dépassé. Mais, il réapparut avant les minutes imparties, déguisé en voyou, habillé de vieux jeans, de tennis usagées, et – Elena dut le reconnaître – tout aussi séduisant.

— Me voilà ! dit-il, le regard un peu taquin, comme s'il avait deviné son appréhension du vide et de l'absence. Avant de sortir, vous aussi, efforcez-vous de me suivre de près, baissez les yeux et mettez ce sweat à capuche que vous rabattrez sur votre visage. Ne regardez surtout pas autour de vous, ayez l'air indifférente et surtout, ne parlez pas.

Sur ces paroles inquiétantes, Elena acquiesça de nouveau silencieusement, tandis qu'elle enfilait le vieux sweat décoloré.

— À un moment, je m'arrêterai après avoir ralenti un peu et je me cacherai dans une encoignure de porte. Tenez-vous là et regardez cette fois autour de vous pour voir si personne ne vient : filez me rejoindre si la voie est libre.

— Mais Ariane et ma mère ?

— Laissez-les, elles sont d'une inconscience colossale.

Le ton était sec et sans appel.

Et ils sortirent lentement, l'un après l'autre, dans une rue du Tiers, rue de bidonville aux volets hors de leurs gonds, jonchée de détritus, de fils électriques penchant dangereusement vers le sol. Quelques passants taciturnes, enfermés dans des pensées sombres, croisaient des chiens faméliques et hargneux. *Dieu du Ciel, où sommes-nous ?* pensa Elena en son for intérieur ; leur arrivée en voiture aux vitres fumées ne lui avait pas fait percevoir ce lieu d'abandon résigné. *Mais il est là, devant moi ; comment s'appelle-t-il au fait ?* Elle ne le savait même pas, sa présence la rassurait et elle le suivit. Un autre monde, inconnu, où elle n'était qu'une passante invisible, un fantôme. Après une centaine de mètres, sur la droite, il ralentit, hésita, puis se faufila innocemment sous l'ombre d'une porte cochère. Le cœur battant, elle ralentit aussi et scanna les environs sous ses cils abaissés ; personne n'avait cillé à la disparition de l'homme qui la précédait. Alors, tout aussi innocemment, elle se glissa à ses côtés en guettant une éventuelle réaction dans la rue.

— Très bien, lui dit-il en ouvrant la vieille porte d'un vert défraîchi, venez !

Plus qu'étonnée, elle le suivit encore et le vit refermer la porte qui protesta en grinçant.

— Voilà, vous vous souviendrez de ce chemin ?

— Ce chemin ? Quel chemin et pour aller où ? Je ne comprends pas.

— Pour revenir, bien sûr !

Il disait cela comme si c'était d'une évidence banale.

— Revenir ?...

— Oui, ne le désirez-vous pas ? De toute façon, nous devons parler très sérieusement, ne le croyez-vous pas, Elena ? Vous avez découvert un passage entre les rues du Tiers et la rivière que je ne connaissais pas et j'ai besoin que vous me montriez comment vous l'avez trouvé. C'est très important pour moi, car je surveille depuis un moment ces lieux sans comprendre pourquoi il y est signalé une augmentation de trafics louches. La façon dont procèdent les bandits nous échappe pour l'instant.

Il avait ainsi retenu son nom et l'entendre le dire l'émouvait. Un maelström d'émotions, de questions la saisit, même si au fond d'elle-même, elle savait qu'elle désirait revoir ce lieu magique, que cela ne pouvait être autrement.

— Apprenez à vous en servir, dit-il en lui tendant un couteau à cran d'arrêt qu'il venait de sortir de son sac.

— Euh... ne put-elle qu'articuler, ses mains tenant l'objet avec précaution, le regard affolé.

— Et un spray ! Celui-là a un effet transitoire paralysant, cela peut être utile. Visez dans le bon sens, entraînez-vous… Voici un boîtier muni d'un bouton, il est relié à mon portable et sert d'alarme dans le cas où vous seriez en danger. La première fois que vous reviendrez, utilisez-le aussi pour m'appeler et m'indiquer que vous êtes ici ; je viendrai dans le quart d'heure vous y trouver et vous montrer le chemin en sens inverse. Ne parlez à personne de ce que vous venez de vivre. C'est extrêmement important : ma vie, nos vies en dépendent et je me demande bien comment, pourquoi vous êtes entrée dans tout cela.

Les paroles de l'étranger, rapides et froides, n'atteignirent Elena qu'avec un temps de retard et ses yeux écarquillés ne pouvaient que faire un aller-retour entre l'inconnu et ses mains tenant le boîtier, pour tenter de se persuader que c'était bien à elle qu'il s'adressait.

— Je n'ai pas envie de faire de l'esprit, répondit Elena, mais je me demande encore bien davantage ce que j'ai pu faire pour en arriver là !

Soudain surgit l'image élancée de la falaise blanche, avec sa grotte face au promontoire, occupé par cette silhouette silencieuse qui lui souriait. Non, elle ne regretterait jamais un tel moment.

— La question est que vous êtes dorénavant en danger, car vous avez découvert un passage soigneusement caché. Si vous acceptez de m'aider à le retrouver, je serai à même de vous protéger de ces dangers éventuels et nous démasquerons les personnes derrière tout cela : vous serez alors de nouveau en sécurité. Ah oui, j'allais l'oublier, dit-il en lui tendant un vieux sac à dos. Portez-le quand vous venez ici, il est équipé d'un GPS qui me permettra de vous retrouver…

La retrouver…

— Il contient aussi une perruque défraîchie que vous mettrez en venant au Tiers. Vos cheveux blonds auraient autant d'effet qu'un gyrophare qui se voudrait discret pour les voyous…

Elle, ses cheveux gyrophares, convoitise ? Elle allait tomber si elle réfléchissait à cela…

— Trouvez un vieux jean, trouez-le pour faire bonne impression, un vieux sweat à capuche, grimez-vous avec cernes et boutons et le tour sera joué ! Attendez quelques jours et si le sac émet un bip, alors venez.

Sans attendre sa réponse, il grimpa un escalier dans le noir où elle manqua deux fois de s'étaler à ses pieds. Sans un mot, il sortit de sa veste une torche, l'alluma et la lui donna en lui disant de la garder pour les prochaines fois. Arrivée sur un palier, Elena sentit dans l'obscurité la chaleur humaine qu'il dégageait et l'humidité qui suintait une odeur de renfermé.

— Voilà, continua-t-il, derrière cette porte, vous êtes dans la Ville Haute, près de chez vous. En partant, retournez-vous pour bien visualiser cette porte pour votre futur retour. Pour l'ouvrir quand vous êtes à l'extérieur, appuyez deux fois sur le bouton jaune qui se trouve sur le côté droit de la porte.

Il lui serra rapidement les deux bras.

— Soyez prudente, ne me décevez pas, il me tarde de pouvoir vous parler davantage pour vous expliquer un peu mieux. Allez ! lui dit-il en la poussant à l'extérieur, car il avait déjà entrouvert la porte.

Il fallut un moment à Elena pour se ressaisir et comprendre qu'il avait disparu en descendant à nouveau probablement l'escalier vers le Tiers. Incrédule, elle reconnut une place publique, voisine de son quartier, et distingua l'odeur familière des gaz d'échappement, les bruits de klaxon, l'air gris et la cohorte de gens pressés. Vite, il fallait bien fixer cette porte, noter son numéro et le nom de la rue : elle était si distraite, parfois. Au passage, elle constata qu'il y avait bien un bouton jaune sur le côté de la porte : jusque-là, tout était normal, enfin presque.

En fait, c'était complètement dingue, se dit Elena en tentant de récapituler les événements successifs. Elle avait remonté quatre niveaux de réalités différentes : la grotte de lumière, la cave des muets, le Tiers et ici, la Ville Haute. Mais, en contrepartie, elle n'était plus déracinée, ni seule. Il y avait un ailleurs, une vie redevenue plausible et possible. Ne restait qu'à trouver un cours accéléré de combats de rue et une torche qui ne vous lâche pas dans les pires moments.

3

DOUTES

Il fallut à Elena un certain temps pour réaliser ce qu'elle avait expérimenté. Elle gardait à portée de main le sac GPS pour se persuader qu'elle n'avait pas rêvé éveillée. Ariane et sa mère étaient revenues de leur escale ravies, mais avaient pris leurs distances avec Elena, quand cette dernière leur avait confié qu'elle ne connaissait rien de cet homme « charmant », qu'elle l'avait rencontré aux alentours de l'atelier et qu'elle ne connaissait même pas son prénom. Elles avaient senti son indifférence à l'égard de cet homme, sans pouvoir la comprendre, et lui témoignaient depuis un léger mépris pour son insensibilité sociale, mais Elena en avait pris l'habitude. L'habitude de ne plus évoquer ce qui la faisait vibrer, se passionner et qui ne faisait qu'effleurer au mieux – et agacer le plus souvent – ceux à qui elle tentait de faire partager une émotion, une recherche, un questionnement.

Une thérapeute, qui travaillait également sur les vies antérieures en plus des constellations familiales – raison pour laquelle elle était venue la consulter, ce qu'elle ne savait pas en allant la consulter –, lui avait dit une chose invraisemblable sur le moment. Elle lui avait annoncé, aussi simplement que si elle lui avait dit de prendre une chaise pour s'asseoir, qu'elle venait d'une autre planète, la planète XI, mieux connue peut-être sous le nom de Plancta… Elena, éberluée, s'était demandé alors si ce ne serait pas plus judicieux de se diriger rapidement vers la sortie. Elle l'avait fixée, complètement désorientée, l'œil toujours rivé sur la porte, sortie d'urgence oblige. La thérapeute avait compris le message et s'était employée à rester calme, concentrée, devant son incrédulité visible : mais elle avait été vexée !

— Vous avez sûrement entendu parler de cette planète ? lui fit-elle, faisant entrer cette évidence dans une conversation banale.

Un silence poli lui répondit. Elena n'avait aucune intention de se sentir ridicule parce qu'elle ne connaissait pas cette planète XI ou Plancta.

Pire, la thérapeute semblait maintenant inquiète, presque anxieuse, comme si Elena pouvait être dangereuse. Quel cirque !

— En fait, ceux qui habitent cette planète vous pourchassent et veulent vous tuer, pour une raison qui m'échappe.

Et cette constatation sembla la rassurer sur l'inoffensivité d'Elena. Cette dernière par contre, cela la rassurait encore moins : maintenant, on voulait la tuer ! De plus en plus fort, elle était poursuivie par des inconnus, pour la seule raison qu'elle était ce qu'elle n'était pas… La thérapeute s'interrompit, sembla réfléchir un moment, puis reprit :

— Oui, c'est cela. Ces extraterrestres ne sont pas comme nous, bien sûr, nous ne les comprenons pas bien (*Ben tiens !*), ni la raison pourquoi ceux de cette planète vous pourchassent pour vous tuer.

On était loin des relations papa-maman… Elle poursuivit, comme si elle voulait maintenant la rassurer :

— Cette planète tourne autour de la Terre, mais non sur une orbite prévisible. Parfois, nous perdons leur trace et il est dit qu'un jour, elle frappera la Terre pour l'anéantir probablement.

Deux fois menacée, cela devenait comique, pensa Elena, ironique.

Son délire semblait tenir de la fumisterie pure et pourtant, la thérapeute restait calme et posée, habillée classiquement, à l'aise dans ses affirmations. Le besoin de comprendre, si ancré chez Elena, ne lui était d'aucun secours. Brusquement, elle se souvint de tous ces cauchemars récurrents qu'elle faisait depuis l'enfance : elle était poursuivie par toutes sortes d'attaquants et devait se cacher, inventer des armes avec les moyens du bord pour se défendre, élaborer des stratégies minutieuses. C'était parfois des mafieux, parfois des Asiatiques déguisés en ninjas, qui débarquaient en secret sur des plages avec des sous-marins et qu'elle avait surpris, des complots invraisemblables. Elle devait se créer des déguisements, fabriquer de fausses cartes d'identité, et cela, toujours seule. Elle avait bien essayé de partager ces cauchemars en se disant que cela devait être commun à tous, mais ses interlocuteurs l'avaient toujours regardée avec des yeux ronds…

Peut-être était-ce un début d'explication à ses rêves, mais quand même ! Dans les lieux publics comme les restaurants, les bibliothèques, elle ne pouvait jamais relâcher sa vigilance qu'après avoir visualisé chaque nouvel arrivant : elle faisait cela inconsciemment, instinctivement, en se traitant d'imbécile, mais les réflexes reprenaient le dessus invariablement. Lorsqu'elle avait remarqué cette manie, Elena s'était dit que les attitudes de ses ancêtres, militaires depuis des lustres, avaient dû déteindre sur elle ; on disait bien que l'expression des gènes eux-mêmes se modifiait à la suite d'impacts émotionnels familiaux, l'épigénétique. Elle avait même récemment appris qu'une personne apparentée à sa famille avait participé à la reconstruction des services de renseignement de son pays d'origine, avec toutes les implications qui en découlaient…

La thérapeute continua à évoquer beaucoup de choses plus ordinaires, si l'on peut dire, fit un rituel de nettoyage qui la rassura un peu, même si elle doutait encore de la crédibilité des informations données. Pour justifier son intervention, la thérapeute lui dit qu'elle contactait de vieilles mémoires et choisissait, parmi ces centaines d'informations, celles qui étaient actuellement le plus en lien avec ce que la patiente avait à travailler actuellement. Même si Elena ne croyait ni à la cause, ni à la façon de la traiter, l'hypothèse du doute, qui ne peut faire de mal mais qu'il convient d'aborder, fit son œuvre et elle préféra penser que si après tout cela était juste, alors elle aurait fait ce qui était nécessaire pour le résoudre : elle ne perdait rien.

Plus tard, des souvenirs de voyages lui revinrent… Cette embuscade, un soir de réveillon, d'où ils s'échappèrent de justesse : un de leurs amis avait sorti un revolver de son veston de fête et, agenouillé, leur avait dit de fuir et qu'il les couvrait ! Cet ami était médecin et, à la suite d'une rixe au cours d'une visite à domicile, avait demandé une autorisation de port d'arme : de là à l'amener avec lui pour un soir de fête ! Et cette nuit où, cachés à l'intérieur d'un petit voilier délabré, dans un miteux port fluvial italien de la banlieue romaine quasi abandonné, ils avaient dû confectionner des matraques de main avec de gros fils plastiques ramassés au sol, dans l'attente de la venue de dealers qui, non payés par le gamin en cure de désintoxication qu'ils protégeaient, avaient juré de les retrouver. Il y avait tant d'épisodes qui lui revenaient progressivement, dangereux, improbables, des épisodes qui, du fait de son isolement, lui semblaient faire partie d'une vie « normale ». Pourquoi partager avec l'autre quand, en face, il n'y avait qu'incompréhension et désintérêt pour ce qu'elle essayait de communiquer ? À part, elle était à part, définitivement, et peut-être que ce travail thérapeutique fait, elle sortirait de cette succession d'épisodes traumatisants, qui sait ?

Elle repensa encore à sa découverte solitaire du Saint-Sépulcre, alors qu'elle accompagnait un groupe. Elle avait assisté à une messe avec eux, ce qui était classique en ce lieu, puis avait déambulé seule jusqu'à trouver ces passages, des couloirs dans la pénombre sans âme qui vive, alors que le lieu était pourtant bondé de touristes et de croyants. Il y régnait le sentiment intense d'impermanence : cela avait été, cela était et cela serait un silence abyssal. Elle avait découvert une série d'escaliers déserts un peu dissimulés, à peine éclairés de lampes orientales rouges, les bougies tremblotantes, qui menaient à un niveau de plus en plus profond. On traversait les périodes de temps en même temps que l'on descendait, vers le cœur du commencement. Comme si le futur se déployait en d'innombrables feuillets, comme si la gravité s'estompait ; subsistaient seulement la paix et la joie, immuables. Elle y était définitivement seule, mais cette solitude-là ne lui pesait plus, auprès de son essence, hors du temps. C'était comme si elle avait été aspirée par ces escaliers qui descendaient toujours plus bas.

La grotte au niveau le plus inférieur était tapissée de plaques de verre pour protéger les parois des graffitis. Elena y vit un sarcophage de type romain, un autel vide en pierre, et encore des trous dans la pierre, laissant voir des passages horizontaux vers d'autres lieux probablement en hauteur ; de toute façon, elle n'aurait jamais eu le courage d'escalader la roche et de se faufiler dans ces couloirs sombres. C'était déjà à la limite de ce que ses émotions pouvaient vivre. Là aussi, elle était revenue sur ses pas, incrédule de l'expérience vécue, et avait réussi à entraîner une amie pour y retourner, s'assurer que ce n'était pas un rêve éveillé. Son amie avait écarquillé les yeux en chuchotant qu'elle n'en croyait pas ses yeux. C'était donc réel. Là aussi, le groupe était passé à côté de cette expérience, écoutant à peine leurs descriptions enthousiastes.

Était-ce un même genre de cheminement qu'elle avait suivi quelques jours avant ? Mais cette fois, elle n'était plus seule, quelqu'un l'avait précédée, qui prenait les choses en main et qui ne désirait pas dévoiler ce lieu, comme s'il était un trésor si précieux qu'il ne pouvait être divulgué. Elle avait partagé ce moment de solitude douce, dans un dialogue paisible. Bien sûr, en remontant les niveaux, il avait changé, automatiquement changé, lui aussi, de relationnel humain. Il avait joué de bonne grâce son rôle d'homme charmant et serviable, balayant le sol et plaisantant civilement sous le regard ravi des deux femmes présentes. Puis il avait joué le rôle de voyou, le temps de son passage au Tiers.

C'était elle qui s'était sentie, une fois de plus, abandonnée, trahie, incapable de se plier à ce jeu de dupes ; elle ne savait pas passer les niveaux et s'adapter à chaque strate. Mais il ne l'avait pas oubliée, c'était bien à elle et à personne d'autre qu'il avait confié ce sac et tout ce matériel de survie. Il lui avait demandé le secret et lui avait accordé sa confiance. Sans doute avait-il voulu la tester pour voir comment elle s'adaptait et reprenait son rôle social, comme dire des paroles insignifiantes ou rivaliser dans une compétition de séduction féminine.

Il avait dû être déçu par sa performance sociale, car elle n'avait pu rentrer dans ce jeu, ce jeu du sous-Tiers. Elena n'avait pu que contempler, le cœur serré, cette comédie cruelle ; elle s'était tue, puis avait décidé de s'en éloigner quoi que cela lui en coûte, incapable de continuer à vivre cet avilissement. Une nouvelle robe venant de Rio ! Elle qui ne savait que seulement se déguiser, pas s'habiller dans le bon timing social, aller à Rio pour acheter une robe miroitante, cela la dépassait et l'écrasait du sentiment de sa propre insuffisance. Une amie qui, mariée et se proclamant heureuse de cet état, avait effectué une prise d'otage, alors qu'elle savait son amie Elena célibataire, seule.

Lors de sa descente, cet homme lui avait souri simplement et l'avait rejointe en barque : il avait fait ce chemin vers elle depuis un niveau encore en dessous de celui de son promontoire, encore plus profond, celui de la rivière, comme un cinquième niveau. Elena avait senti qu'il lui était impossible pour elle de descendre plus bas ; il y avait comme une barrière invisible qu'elle n'oserait pas franchir. Cela avait été un moment paisible de reconnaissance mutuelle, un temps de partage presque silencieux. En remontant, lui avait su jouer les rôles sociaux correspondant à chaque niveau, avec aisance.

Elena avait jusqu'ici si peu parlé d'elle. D'ailleurs, qui aurait su la rencontrer dans son être, au-delà de la parole ? Ce n'était pas une recherche d'un nouvel amour, d'une rencontre romantique qui aurait pu combler un manque d'amour ou une solitude mal vécue. Dieu merci, il était resté distant, parfois intrigué, mais toujours distant, sans faire de tentative de séduction, ce qui l'aurait immédiatement fait fuir, rivière ou pas. Non, c'était plutôt une reconnaissance tacite, lumineuse, de deux solitudes bien vécues et matures, qui se réjouissaient de communiquer dans le silence : une rencontre vraie. Certains pourraient parler de fréquences communes, de résonnance ; c'était, en tout cas, au-delà du convenu d'un rôle à jouer, d'une nécessité de chaleur humaine, d'une image que l'on pouvait attendre… Et cela seul importait.

Cette nuit, elle rêva d'une petite ville posée en hauteur au-dessus d'un petit port. Celle-ci était bâtie sans plan urbaniste : les maisons grimpaient les unes contre les autres pour atteindre le sommet et sa petite église, en délimitant des ruelles tortueuses au petit bonheur. Quelqu'un lui dit :

— C'est ici, en hauteur, qu'il faut acheter une grande surface, car le terrain va prendre beaucoup de valeur.

Ils entrèrent alors, en ouvrant la grille, dans le grand jardin qui menait à la nouvelle maison d'une copine, Laurence : une sorte de parc plus ou moins entretenu, avec des parcelles restées à l'état sauvage. C'était charmant, mais un peu triste, comme vide de sens. Son amie s'était mariée et avait deux enfants. Personnellement, Elena trouvait le mari éteint, mais cela ne la regardait pas, elle était désolée pour son amie. À la porte, Laurence les accueillit, les fit entrer dans la maison et commença à jouer avec le fils d'Elena qui les accompagnait. Elena se tourna donc vers les enfants de Laurence pour leur parler un peu. Puis elle quitta les enfants du regard pour examiner attentivement Laurence et lui demanda si elle était heureuse dans cette nouvelle maison. Laurence l'observa brièvement. Avant qu'elle puisse donner sa réponse à cette question qu'on ne devrait jamais poser, il y eut un cri d'enfant et Laurence se précipita vers l'origine du bruit. À son retour, une fois la situation calmée, Elena reposa la même question à Laurence, mais cette fois-ci, le téléphone sonna à son tour :

— Ce doit être la belle-mère ! dit Elena en riant.

Laurence s'échappa par une autre porte sans répondre et ne revint pas. Elena ne saurait jamais…

Un peu comme si chaque porte était un portail vers d'autres espaces-temps, pour signifier que la réponse dépendait de quelles portes de transformation la personne avait franchies.

4

SE REVOIR

Elena devait y retourner, ne serait-ce que pour vérifier que son imagination ne lui avait pas joué un nouveau tour. Vivre dans son environnement lui demandait tellement d'efforts qu'elle utilisait son imagination pour rêver, visualiser un autre monde dans lequel elle serait accueillie, acceptée avec bienveillance pour ce qu'elle était. Peindre lui permettait également de se projeter ailleurs, vivre des moments d'enthousiasme et de plaisir qui lui permettaient de survoler les tracas et les humiliations banales de la vie courante. Elle se sentait différente, son entourage devait certainement le percevoir aussi et lui faisait doublement ressentir cette impasse : désirer être aimée, mais pas au prix d'une simulation de ce qu'elle ne pouvait pas vivre. Elle n'en voulait pas au genre humain : ils avaient sûrement raison à leur façon, un vilain petit canard aux qualités difficiles à ne pas jalouser, la boucle était bouclée.

Elena aimait ses tableaux, ils transmettaient sa façon de voir le monde, mais bien sûr, le monde les accueillait avec incompréhension et un léger mépris : peut-être aurait-il fallu savoir se vendre et jouer ce jeu-là aussi.

Alors, y retourner seule dans la journée et risquer de se retrouver face à ces trois hommes masqués et muets… que leur dire ? Y retourner le soir venu et affronter le monde du Tiers devenu encore plus dangereux ? Elle tournait toutes ces possibilités en boucle sans pouvoir se décider. Et puis, elle se souvenait que cet homme inconnu l'avait prévenue qu'elle devrait lui envoyer un signal quand elle serait parvenue derrière la porte du monde du Tiers, le second niveau, qu'il viendrait la chercher et lui dirait comment procéder. Allait-elle donc prendre ce risque invraisemblable ? Au fil des jours, la lumière changeante du ciel reflétait ses sautes d'humeur, parfois un rayon lumineux transperçait la grisaille ambiante, puis une pluie battante venait assombrir le tableau, renforçant le besoin de s'isoler et de se pencher dans son intériorité.

Elena traversa son atelier, incapable de rester en place, s'arrêta pour examiner sa dernière toile inachevée, qui, elle aussi, semblait se demander ce qui était à retravailler. Elle réfléchit longtemps, indécise sur la décision à prendre tant elle était consciente qu'elle s'engouffrerait sur un chemin d'où elle ne pourrait revenir, si elle décidait de passer le pas.

Elena en était là dans ses questionnements, tournant en rond dans son appartement. Impossible de se concentrer sur sa peinture, ses bras tenaient les pinceaux, mais le geste ne suivait pas, hésitait avant de tracer un trait ou affirmer une amélioration. Elle avait fini par les laisser sur la table, abandonnant sa recherche, quand la sonnerie du téléphone retentit, la tirant de ses pensées. Bien qu'elle ne désire pas vraiment communiquer, elle se força à prendre le combiné, par réflexe social.

— Elena, *my darling*, comment vas-tu ? Je suis heureuse de te trouver chez toi !

La voix d'Ariane remplissait le silence de son appartement, comme résonnant dans le vide. Que répondre à ce genre de phrase d'introduction ? Elena se demandait bien ce qu'Ariane comprendrait de ses hésitations si elle tentait de lui expliquer son état d'esprit. De toute façon, elle s'était engagée à ne pas divulguer ce qu'elle avait parcouru. Une fois de plus, l'isolement était de rigueur, mais cette fois, de façon imposée par un autre, en qui elle sentait qu'elle pouvait avoir confiance, bizarrement : donc une solitude partagée, finalement.

— Je vais bien, Ariane, je te remercie à nouveau pour la découverte que tu nous as offerte : ce fut un beau moment.

— Oui, n'est-ce pas ? J'ai aimé ce moment partagé avec toi et ta mère. Mais lorsque j'en ai parlé avec Marc, au dîner, celui-ci a paru contrarié, même s'il essayait de se contrôler. Lorsque je lui ai dit que nous avions rencontré un de tes amis sur place – quelle coïncidence, vraiment ! – il a voulu connaître son nom. Après réflexion, je n'ai pu retrouver même son prénom. Et là, Marc s'est vraiment fâché : je n'avais pas à faire visiter son lieu de travail sans lui en avoir parlé avant. Je t'assure, il était furieux et tu sais, même s'il est un très bon père pour ses enfants, ses emportements m'effraient un peu ! Pour le calmer, je lui ai promis de t'appeler pour te redemander son nom et dans quelle entreprise il travaille.

— Ariane, j'aimerais te donner satisfaction, mais je peux te promettre que j'ai rencontré cet homme dans le couloir que j'ai emprunté sans vous. Il a voulu vous rencontrer en entendant vos voix et il s'est dirigé vers vous avant que j'aie le temps de l'arrêter. Il ne s'est pas présenté et j'ignore tout de lui, vraiment.

Un demi-mensonge teinté d'éléments de vérité : elle ne pouvait faire mieux, en espérant que cela suffirait à rassurer le mari d'Ariane qu'elle savait irascible parfois, à la limite du respect qu'il aurait dû avoir pour sa femme, mais cela ne la regardait pas finalement.

— *My God*, il sera furieux d'entendre cela, il ne comprend pas pourquoi je vous ai entraînées là-bas. Comme si on ne pouvait pas mélanger travail et amis… D'ailleurs, il s'est violemment levé de son siège quand il a su que tu étais repartie de ton côté pour rentrer chez toi. Il m'a traitée d'inconsciente… Vraiment, sa réaction est disproportionnée. Il doit être surchargé de travail pour être aussi nerveux. Il m'a aussi demandé de te questionner sur ton trajet de retour. Comment as-tu fait pour revenir ?

Aïe, aïe, aïe, il allait falloir être très prudente et jouer à l'imbécile, une fois de plus. Prenant un court temps de réflexion, Elena décida de masquer une partie des éléments :

— En fait, nous avons suivi la rue un certain temps. Je dois dire que c'était un peu effrayant comme atmosphère, je me tenais collée à cet homme pour me sentir protégée. À un moment, nous avons pris un petit escalier sombre qui montait entre deux vieux immeubles et nous nous sommes retrouvés dans la Ville, je ne vois pas ce que je peux dire de plus.

— Ah…

La voix au téléphone semblait déçue par le peu de précisions données. Un silence gêné s'installa entre elles. Elena commençait à se sentir agacée par la méfiance que ces questions dénotaient.

— Bien, reprit Ariane avec un ton prudent, je retransmettrai tout cela à Marc, cela le calmera et tout sera oublié, je l'espère !

— Bien sûr, dit Elena en tentant de se rassurer de son côté.

— Au fait, Marc m'a demandé de te prier de ne pas ébruiter l'existence de ce lieu et de ne jamais tenter d'y revenir, ce qui paraît couler de source ! Comment pourrait-on désirer retourner dans ce lieu si mal famé ?

Elena se sentit choquée par cette intrusion dans sa vie privée : Marc n'avait aucun droit de gérer sa vie et elle détestait subir des manœuvres d'intimidation. Elle ne voulait pas en savoir davantage sur les activités professionnelles du mari d'Ariane ; crainte ou désintérêt, peu importe, ce domaine ne l'intéressait pas. Mais que quelqu'un tente de faire pression indirectement sur elle, vraiment, cela dépassait la limite de sa tolérance ! Elle devait protéger Ariane de la colère de son mari, mais elle ne se sentait pas concernée ou intimidée par les recommandations orientées de son mari. Elle n'aimait pas mentir, mais dans ce cas, cela devenait la meilleure attitude. Prenant un ton désinvolte, elle parvint à prononcer à son amie les paroles qui rétabliraient la paix dans son couple :

— Je comprends l'inquiétude de Marc concernant son travail. De toute façon, tu imagines bien que je n'ai aucune envie de risquer ma vie, seule dans le Tiers. Je suis heureuse d'avoir vu ce bel endroit, voilà tout. Tu peux rassurer ton mari sans problème.

— Oh, je te remercie, Elena ! Crois bien que je suis désolée d'avoir à retransmettre les paroles de Marc, il peut être si irascible parfois… Mais il a un cœur en or, dans le fond. On se rappelle bientôt pour se revoir, n'est-ce pas ? Je t'embrasse, *darling* !

Et elle raccrocha comme si le diable courait à ses trousses.

Ce fut au troisième jour qu'Elena prit sa décision : elle se sentait prête à assumer son choix. L'intervention autoritaire de Marc avait pesé dans la balance. Elle voulait choisir son monde, ce monde dans lequel elle se sentait revivre, et non pas celui des autres, aussi gentils soient-ils. Elle avait décidé de partir de son lieu d'origine à la recherche d'un endroit où elle pourrait davantage s'épanouir, trouver ce qui résonnerait en elle. Et maintenant qu'elle avait découvert cette esplanade magique où elle était sûre qu'elle pourrait enfin peindre et respirer en paix, voilà qu'on lui interdisait d'y retourner ! C'était trop fort ! Lui interdire l'accès au monde dont elle avait si longtemps rêvé ! De toute façon, sa sécurité était menacée quoi qu'elle fasse : qu'elle fasse l'autruche et refuse de revenir sur la corniche ou qu'elle prenne le risque d'y retourner dans une atmosphère crapuleuse.

Au fur et à mesure que le moment d'y aller se rapprochait, elle se sentait de plus en plus déterminée à faire le jour sur cette situation rocambolesque. Elena savait qu'avec le temps, elle avait appris à ne pas reculer, mais plutôt à décrypter les faux messages, traquer ses propres illusions et bannir toute attente vis-à-vis de l'autre ; elle était devenue une destructrice d'illusions. Elle se sentait prête à empêcher une éventuelle fausse interprétation, fabriquée de toutes pièces par son cerveau trop éloigné des réalités de la Ville. Se sentir forte lui avait appris la méfiance et la distance. Et aujourd'hui, elle sentait cette force en elle, la force d'avancer même si ses armes étaient de ridicules épées de bois pour enfants. Ce souvenir merveilleux… Elle le garderait enfoui, il était devenu sien de toute façon.

Lui revint une phrase entendue sur un média, disant qu'un temps psychologique lié à la façon d'observer un événement pouvait créer, en entrant dans le cœur, une entrée dans une autre dimension, un autre espace-temps lié à nos propres transformations. Une entrée, une porte donnant sur d'autres espaces-temps… Peut-être était-ce cela qu'elle recherchait en vagabondant sur une autre façon de percevoir un motif à peindre ? L'esprit libre d'une attente précise. Elle risquait juste de ne pouvoir revenir dans sa zone de confort dans la Ville… D'ailleurs, la vie quotidienne n'était-elle pas semblable aux rêves nocturnes ? Une vision éphémère, instable et souvent incompréhensible ; une vie peu contrôlable, même dans un monde tangible, finalement très semblable à une illusion, tout réel qu'il était. Toujours cette histoire d'un sage chinois émergeant d'un rêve, dans lequel il était un papillon, et qui se demandait, à son réveil, s'il n'était pas plutôt un papillon qui rêvait qu'il était un homme.

Elena choisit le jour du jeudi, en fin d'après-midi, pour tenter de revoir sa corniche ; elle n'avait plus à travailler ce jour-là, ni rendez-vous, ce qui était assez rare. De plus, sa soirée était libre. Elle reprit son sac pour en examiner le contenu une nouvelle fois, en extirpa la vieille perruque pour la coller sur sa tête. Un vieux jean acheté en seconde main fut enfilé : taillader un des siens lui aurait fendu le cœur. Une vieille veste à capuche paracheva la transformation et elle partit, fébrile, quasi certaine de ne pouvoir retrouver ni la porte, ni le poussoir jaune : elle aurait été victime d'un canular et rirait elle-même de s'y être prêtée. Tout de même, partager ce doute impatient avec une autre personne aurait été plus plaisant.

Une rue normale, envahie par les klaxons. Une rue de la Ville, pressée d'arriver on ne sait où. Un ciel maussade refusant de céder la place à la lumière qui se laissait pressentir, derrière le front nuageux. Savoir qu'il existait une alternative la faisait vibrer d'espoir, la rue était devenue transparente, lointaine. Contre toute attente, elle se repéra, aidée des photos prises avec son portable, et retrouva la porte. Elle s'enfonça dans l'encoignure de la façon lente et négligente qu'il lui avait enseignée et attendit un peu, le cœur battant. La tête baissée sous sa capuche, elle releva lentement les yeux : personne ne lui prêtait attention, alors, elle leva nonchalamment la main pour presser discrètement sur le bouton jaune.

La porte s'ouvrit lentement. Une odeur poussiéreuse et un relent de murs moisis lui parvinrent, sans que l'obscurité ne disparaisse vraiment. Elle osait à peine toucher les murs sombres, de crainte de faire effriter la peinture restante et de déclencher un nuage de poussière supplémentaire. La magie revenait avec ses instants déroutants. Il lui suffisait d'entrer sans plus attendre, ce qu'elle fit en s'y glissant et en refermant la porte. La torche voulut bien fonctionner : *bravo pour ce bon choix, Monsieur l'inconnu !* Les marches restaient suffisamment visibles pour descendre sans prendre le risque de glissade indésirable. Parvenue au niveau du Tiers, elle vérifia sur sa montre : elle s'était donné pour objectif d'arriver à treize heures, pour que ce soit plus facile pour l'inconnu, et jusque-là, son plan fonctionnait.

Elle put actionner le signal : elle avait mûrement pesé sa décision, mais son cœur battait une sarabande désordonnée. Qui était-elle pour convoquer ainsi un homme qui lui semblait, lui, accompli, face à ce qu'elle était, petite chose ridicule et moquée ? Tant d'attentes, sources d'abandon, puis de détresse.

Un bruit de pas extérieurs, une porte qui s'entrouvrait. *Il était venu !* chanta dans un alléluia son cœur incroyant. Bien sûr, il était là, mais il affichait un air si sérieux qu'il l'intimida de nouveau ; en fait, il inspectait d'un œil froid et comme professionnel, détail par détail, son accoutrement du Tiers. Intimidée, elle leva un regard interrogateur vers l'inconnu, qui finit par avoir un petit sourire après l'avoir longuement observée :

— Vous êtes donc ici.

Autant une constatation qu'une question ; il avait vraiment le don de ces phrases qui disaient tellement plus que le sens premier des mots. Elle aimait cela, ce jeu sur les différentes interprétations des mots et les tonalités sur lesquelles ils étaient dits. Des mots justes, mais qui pouvaient lui permettre de s'échapper de la gravité du sol. Tourner ses phrases dans sa tête en jouant sur ses différentes interprétations.

— Oui, répondit-elle, du moins, il me semble…

Un sourire fugace. L'homme sembla se recueillir un moment, puis reprit :

— Bon, les ouvriers de la couture sont encore dans l'atelier. Je peux vous montrer comment arriver aux Roches – j'appelle ce lieu ainsi – sans éveiller leur curiosité. Vous devez être sûre qu'aller dans cette rue, la nuit venue, relève d'un désir de mourir rapidement !

Il avait donc compris qu'elle y avait songé !

— Le temps que nous y arrivions, le local sera vide : vous pourrez refaire le chemin inverse et me montrer le moyen de parvenir sur la corniche. Que voulez-vous faire ensuite : y rester un peu ou bien repartir aussitôt ?

— J'ai surtout besoin de comprendre. Pourriez-vous m'expliquer ce qui se passe réellement ? Pourquoi suis-je là, qui êtes-vous, pourquoi ce passage ? Pourquoi les autres n'entendent-ils pas le bruit de l'eau, ne voient-ils pas les escaliers inférieurs ? Et pourquoi le secret autour de tout cela ?

— On m'avait bien dit que les femmes avaient le vilain défaut de la curiosité, vous n'y échappez visiblement pas !

Son regard sérieux démentait le propos qui se voulait humoristique. Elena fronça les sourcils devant sa dérobade, alors il reprit :

— Ce ne peut être si simple. Pour vos questions, je n'ai pas le droit d'y répondre, ne me faites pas regretter de vous avoir permis d'y revenir. Je me suis moi-même mis en danger en vous révélant ce moyen. Il me semble que le mieux serait que vous le découvriez par vous-même. Je vous aiderai au moment voulu, bien sûr, et ne vous laisserai jamais dans la détresse, mais je ne ferai pas le travail à votre place. Je suis persuadé que vous avez déjà perçu une partie de la vérité, n'est-ce pas ?

— Suis-je en danger ?

— Bonne question, j'y répondrai en vous en posant une autre : pensez-vous que vous l'étiez avant de découvrir vos dons ? Je pense que vous vous en doutez un peu. En vérité, je ne vois que cette explication…

— Un don, quel don ? lui demanda-t-elle, interdite.

— Vous entendez différemment, vous voyez différemment, vous réagissez différemment, vous ne savez pas mentir, n'est-ce déjà pas suffisant comme début d'explication ? La véritable explication ou question serait plutôt celle-ci : pourquoi les autres ne voient-ils pas la même chose que vous ? Qu'avez-vous fait, découvert, perçu, traversé pour arriver ici ?

Elena se dit en elle-même que la réponse était un peu mince, elle qui attendait tant de cette seconde rencontre… Lui également se demandait ce qu'elle faisait ici et comment elle y était parvenue ? C'était un comble !

— Sachez que vous êtes en danger ici, parce qu'inconsciente de ce qui s'y passe, et en danger dans la Ville, car potentiellement capable de révéler ce qui s'y cache.

— Cool, moi qui venais pour être rassurée ! s'exclama-t-elle, un peu frustrée.

Imperturbable, l'homme reprit :

— Voyons, il est dix-sept heures, je passerai vous rechercher à dix-neuf heures. Il fera encore jour et les ouvriers partent à dix-sept heures trente. Cela vous va ? Et maintenant, je vous montre comment contourner les obstacles Tiers et atelier. Quelle idée a-t-il eu d'installer des ouvriers ici !…

Son ton était devenu songeur.

Et il sortit, comme la dernière fois. Elle le suivit, capuche baissée et indifférente aux mouvements des passants qui les croisaient… Au moins, il fallait reconnaître qu'il ne se répétait pas, comme ça, on évitait l'ennui ! Lui la surveillait du coin de l'œil, vigilant et prêt à intervenir. Elena aimait sa façon de se mouvoir, qui lui était propre, si décidée et calme. Comment les autres ne remarquaient-ils pas cette force intrinsèque ? De la même façon peut-être qu'ils ne remarquaient pas sa propre façon d'avancer, téméraire et attentive ?

Parvenus à une porte qu'elle n'aurait jamais retrouvée seule, elle ne put sortir son téléphone pour la photographier. Cet homme lui avait fermement ordonné de l'éteindre dès la porte de la Ville franchie, et même d'en ôter la carte mémoire, le temps de son passage en cet endroit. Comme s'il devinait son angoisse, il fit rapidement une encoche à la craie blanche sur le côté de la porte, pour la rendre reconnaissable à une néophyte comme elle. En se retournant vers Elena, il lui fit un petit clin d'œil pour vérifier qu'elle avait bien noté son geste, puis il entra discrètement, se coula dans l'interstice à peine ouvert de la porte.

Elena attendit quelques secondes devant le montant de cette porte et s'y faufila à son tour, le cœur battant : elle avait réussi ce passage, elle était plus que jamais vivante ! À l'intérieur, il lui fit un petit signe de chut de l'index droit sur sa bouche et elle dut faire un effort pour ne pas continuer à le dévisager. C'était si attendrissant, cet homme adulte faisant un signe d'enfant joueur avec tout ce sérieux d'homme accompli ! Il descendit ensuite silencieusement une première volée de marches et Elena entendit à nouveau le cliquetis lointain des machines à coudre, des bribes de conversation en langue étrangère. *Tiens donc, ils n'étaient donc pas muets !*

Les murs semblaient taillés dans la roche blanche, polis par des années d'utilisation. Il appuya sur une pierre en relief de la paroi gauche, juste avant d'atteindre le palier, et elle vit un autre escalier se dévoiler sur leur gauche. C'était donc ainsi qu'il parvenait aux Roches, un chemin différent du sien donc… Alors là, c'était complet, un nouveau mystère. Un lieu suffisamment important pour que des portes cachées y soient installées.

Avec de nouveau un doigt enfantin sur sa bouche close, il lui fit signe de le suivre dans ce nouvel escalier. Elena heurta une roche du pied et manqua de perdre son équilibre, mais il la rattrapa rapidement du coude en levant les yeux au ciel. Les machines stoppèrent, des voix s'élevèrent, surprises, puis, comme plus rien de suspect ne leur parvenait, leur quotidien reprit son cours. Soulagés, Elena et l'inconnu reprirent leur descente vers le palier inférieur à l'atelier ; Elena retrouva le chemin de la descente qu'elle avait découvert seule auparavant, le chemin que les autres ne voyaient pas. Ils parvinrent enfin sur la corniche blanche, le refuge d'Elena. Ce songe était donc une réalité, scientifique même, puisque l'expérience était reproductible !

Sur ce promontoire, ils se retrouvèrent face à face. L'homme, présence invraisemblable, montrait un visage à nouveau fermé, comme absent. Ce visage lui signifiait qu'elle était face à son temps libre. Il commençait déjà à s'absenter et Elena ressentit un creux angoissant en elle : loin, la chaleur immédiate, inouïe d'une résonnance mutuelle… loin, le regard souriant et complice… Que lui arrivait-il, brusquement ? Sans insister davantage, elle se rapprocha du bord du rocher, si attendu, bouleversant. Dans son dos, elle l'entendit lui parler :

— Je vous ai montré le passage que je connais. Les ouvriers sont repartis, nous allons suivre l'escalier qui mène à l'atelier et vous me montrerez comment vous avez pu descendre de l'atelier à ici. J'ai essayé sans vous, sans succès.

Ils revinrent en silence vers l'atelier désormais vide. Elena refit alors le chemin qu'elle avait suivi la première fois et elle se dirigea vers la petite salle où elles avaient pris le thé. Elle laissa cette pièce et s'avança vers les escaliers qu'elle avait précédemment pris. Au moment où elle devait tourner à droite et descendre, elle comprit l'interrogation de l'inconnu : il n'y avait plus de passage. *Comment était-ce possible ?* se dit-elle en levant un visage interrogateur vers son compagnon, au regard concentré sur ses gestes.

— Faites appel à vos souvenirs. Quels gestes avez-vous faits à ce moment précis ? chuchota-t-il pour ne pas la perturber et pour lui redonner confiance.

Perplexe, Elena observa le sol, régulier à cet endroit. Elle n'avait pas trébuché. Puis son regard se fixa sur les murs blancs, sans aspérité notable et elle vit les petites étagères de bois gris, dans l'attente et l'abandon. Oui, elle en avait soulevé une pour voir sur quel support elle tenait. C'était seulement une excroissance de la pierre, qu'elle avait testée pour voir si elle était solide : un réflexe idiot pour découvrir une façon élégante de faire tenir des étagères et faire une jolie bibliothèque. Elle refit le même geste et une ouverture silencieuse s'enclencha dans la pierre, révélant un nouvel escalier.

— Vous m'étonnez encore, fut le seul commentaire de son compagnon, qui s'était déjà engouffré dans le passage.

Elena le suivit, stupéfaite de n'avoir pas décelé cette ouverture la première fois : elle devait être absorbée par le souci de bien remettre l'étagère en place. L'homme l'attendait patiemment en bas, sur la corniche qu'elle redécouvrait avec le même ravissement.

— Je serai là, à dix-huit heures, derrière la porte du Tiers, côté Roches. Soyez à l'heure.

Il y eut un silence non troublé par une réponse qu'elle n'avait pas envie de donner. Elle le réentendit lui poser une question :

— Mais qui êtes-vous donc ?

Elle répondit sans se retourner :

— Un brin de paille, aussi vivant qu'un souffle qui se serait perdu ; aucun mot ne pourrait me désigner justement.

Après un instant, elle poursuivit, toujours le dos tourné :

— Je n'ai pas plus de nom que vous.

Et elle s'éloigna encore un peu dans un des coins de la grotte, effondrée et jubilante. Mais quelle question stupide ! Il avait bien mérité sa réponse aussi stupide. Comment pouvoir dire qui on est, ce que l'on croit être, ce que les autres pensent que vous êtes, ce que nos actes disent de ce que nous sommes, ce que son milieu disait de ce qu'elle était ? Autant de paroles insensées, jetées au vent, utiles seulement pour combler un silence inconfortable. Et d'ailleurs, qui était-il vraiment, lui ? Pensait-il qu'il était nécessaire et suffisant qu'elle lui pose la même question pour qu'il lui donne une réponse satisfaisante ? N'entendant plus de bruit, elle se retourna et constata qu'il était reparti sans mot dire.

Que voulait-elle donc trouver ici ? Trouverait-elle un nouveau lieu ? Au point où elle en était, elle pouvait franchement se le demander... Ce qu'elle désirait y trouver troubla sa pensée : un pont, voilà ce qu'elle cherchait, voilà, oui : un pont pour une rencontre avec elle-même d'abord, mais aussi un pont pour une rencontre avec les autres. Quels autres ? Tout ceci devenait absurde, elle allait dormir un peu pour récupérer de ces nouvelles émotions et ne plus penser. Peut-être plus tard, méditer et remercier ses guides – ce qu'elle avait omis de faire ce matin –, à la façon de ces centenaires japonais qui descendaient matin et soir sur le rivage pour tout simplement exprimer leur gratitude.

Elle venait de couper les ponts la reliant à cet homme, autosabotage bien connu d'elle pour ne plus souffrir de la déception et de ces relations inertes. Peut-être voulait-elle se protéger d'une nouvelle désillusion, tout simplement. Penchée au bord de la roche, elle revécut en pensée ce premier moment d'émerveillement et s'assit pour écouter ce que la rivière semblait avoir à lui murmurer : un chant mélodieux, une caresse pour son âme et son esprit agité de courants contraires. La rivière était toujours là, lui parlant doucement. Elle existait encore, puisqu'un élément vivant communiquait avec elle.

Alors, elle répondit à ce message en chantant à voix basse, s'accordant à la beauté de ce monde, le cœur empli de gratitude. Une paix bienfaisante régnait dans ces lieux, effaçant les questionnements erratiques. Elena sentit une immense fatigue à combler. Pourquoi ne pas se reposer ici, loin de toute agitation, protégée de toute intrusion ? Autant se glisser dans ce silence apaisant : il suffisait de régler le réveil de sa montre pour ne pas rater l'heure du rendez-vous et elle veilla à ne pas chercher du regard une présence humaine sur la falaise d'en face, pour ne pas lui donner l'impression qu'elle recherchait sa présence. Enfin, elle put s'allonger à même le sol, heureuse, et s'endormit en paix, bercée par le bruit de l'eau.

Dans son rêve, un oiseau se posait sur son épaule gauche, fier et peu familier, altier presque : un rapace au regard lointain. Pourtant, il ne lui faisait aucun mal, il avait délibérément choisi son épaule, elle le sentait, mais ne comprenait pas la cause de sa présence. En fait, il la menait vers les bas-fonds d'un village rudimentaire et elle dut s'arrêter devant un vieil Indien, avachi au sol et le regard éteint. De voir ce rapace donna à ce vieil Indien la force de se relever et, sans un mot, il s'accrocha à son bras pour ne pas tomber et l'amena…

La sonnerie discrète du réveil la sortit de ce rêve étrange. En levant les yeux, elle reconnut le paysage enchanteur : un lieu de lumière, chaleureux. Il lui semblait que son cœur s'était empli d'une substance qui lui devenait vitale, comme indescriptible. Elena fit rapidement de ce lieu son domaine d'office, ou plutôt un domaine qui lui était consenti et offert. Sur le côté gauche de la paroi, un petit muret à demi-effondré existait, délimitant une demi-pièce renfoncée et cachée du regard d'éventuels utilisateurs de la rivière. Cela lui donnerait une intimité visuelle aussi, face au promontoire qui lui faisait face. S'il y avait la possibilité d'une barque, d'autres pourraient avoir la même idée : autant se protéger ici aussi. Cela lui rappela l'injonction donnée par cet homme étrange de se former aux arts de guerre ; elle devait s'y mettre rapidement maintenant.

À l'heure dite, elle remonta le petit escalier avec ses simples étagères de vieux bois gris et ses renfoncements destinés sûrement à y entreposer des objets. Ces couleurs gris bleu la ravissaient, un sanctuaire de beauté simple, comme si elle traversait un espace sans âge.

5

PROJETS

L'homme avait averti Elena, lors de son retour vers lui, qu'il allait faire une enquête sur elle avant de décider si elle était apte ou non à revenir aux Roches, comme il dénommait ce lieu. Elle lui avait demandé, avec timidité, s'il lui serait possible de revenir plus souvent et, à sa grande surprise, il n'avait pas rejeté sa demande. Il y avait comme un contrat de confiance mutuelle et tacite entre eux : lequel des deux en était le plus surpris, Elena n'aurait su le dire. Mais elle le sentait et une nouvelle confiance en elle naissait de ce regard posé sur elle, reconnaissant sa propre identité.

Se sentir être un centre d'intérêt, un sujet à étudier parmi la foule de citadins anonymes, dans la petite conception qu'elle avait de sa personne, lui réchauffait le cœur. Quelqu'un se souciait d'elle et de sa sécurité, une personne s'intéressait à elle, prenait soin de mieux la cerner. Même si c'était pour des raisons sécuritaires, c'était un peu comme si une personne se donnait les moyens de mieux la connaître ; quelle belle sensation, jusqu'ici inconnue !

Bien sûr, le doute l'assaillit aussitôt : serait-elle jugée fiable ? Elena n'avait tué personne, si peu volé, hormis deux cas mineurs qu'elle aurait pu justifier aisément d'ailleurs. Oui, elle avait fait de son mieux, leur père leur avait enseigné la droiture, à force de semonces. Bien sûr aussi, ses qualités relationnelles ou sociales étaient loin d'être satisfaisantes, quels que soient ses efforts pour y parvenir, mais cela ne devrait pas influencer ses décisions. Du moins, elle l'espérait du fond du cœur. Il l'avait informée de ce traçage qu'il mettrait en place, l'avait justifié en toute honnêteté et cela lui plaisait infiniment. En fin de compte, qui était vraiment apte et à quoi ? Qui pouvait ou savait juger de cela ? Ç'aurait pu être un bon sujet de dissertation philosophique !

Elle continua donc ses traitements de soins énergétiques dans son cabinet, peignait quand elle le pouvait, faisait ses courses : tout ce qui avait animé sa vie jusque-là. Elle dessinait depuis l'enfance, le plus souvent en cachette, non pas que cela soit honteux, mais pour ne pas risquer de se dévoiler trop et surtout pour éviter les vagues de critiques qui auraient bloqué son amour de la peinture. En fait, ce qu'elle faisait n'intéressait personne, chacun étant dans un petit monde égocentré dans lequel reconnaître une qualité à l'autre aurait été l'équivalent d'être diminué soi-même de la même quantité de qualités. Il lui semblait, depuis peu, que certains la jalousaient, mais elle n'arrivait pas à vraiment s'en persuader, tellement l'envie lui apparaissait comme un sentiment étranger : il n'y avait personne dont elle aurait aimé vivre la vie. Elle vivait seule, dans un quasi-confinement, ses patients étaient son quasi seul vrai lien au monde. Ce monde lui était trop anxiogène et déprimant pour qu'elle s'intéresse à lui de plus près.

Elle reçut enfin le signal tant attendu : dans deux jours. C'était un sésame, un accord tacite : elle avait été acceptée, telle qu'elle était. Aucun mot doux n'aurait pu la charmer autant que ces trois mots brefs : « dans deux jours ».

Lorsque le jour dit arriva, une Elena exultante se tenait au lieu convenu, derrière la porte du Tiers, en se remémorant les mots que l'inconnu avait prononcés lors de leur dernière entrevue :

— *Lorsque vous me rencontrerez dans la Ville Haute, ne montrez pas votre surprise, ni aucun signe de reconnaissance antérieure, c'est important.*

Qu'avait-il inventé cette fois ? Au dernier rendez-vous, il l'avait questionnée sur les raisons de sa volonté de revenir au promontoire, intrigué et presque sévère. Elena n'avait pu qu'avouer qu'elle avait enfin trouvé un lieu où elle se sentait libre de respirer dans le rythme dont elle avait réellement besoin. Curieusement, cette réponse avait semblé lui suffire, alors qu'elle s'attendait à devoir se justifier encore et encore, en cherchant des mots plus accessibles pour une personne sensée, raisonnable.

Il survint à l'heure dite et entra dans le renfoncement de la porte. Il semblait désirer lui parler.

— Savez-vous que les personnes qui vivent ici sont souvent recherchées par la police et doivent se cacher ?

— Peut-être que je suis moi-même en danger de ne plus pouvoir survivre autrement, lui répondit-elle avec un sourire triste. J'y trouve comme une fréquence, avec laquelle je peux communiquer d'une vraie façon. Serait-il possible de pouvoir y rester quelques jours de suite ?

— Mais vous y seriez confinée, totalement seule…

— C'est juste, mais il me semble qu'ici, la solitude en fin de compte n'est plus être isolée, mais seule avec soi-même : elle devient habitable.

Elle qui avait tant de mal à exprimer ses pensées arrivait à se dire simplement, en confiance ; que c'était curieux…

Étonné par sa réponse, il la fixa étrangement :

— Vous êtes une personne qui m'intrigue vraiment. Je ne pourrai pas prendre le risque de venir vous trouver comme la première fois, mais il est hors de question que je vous laisse vous y installer si j'y suis absent. Je vous indiquerai à quelle période cela pourra s'organiser et pour combien de temps. Cela vous va ? Dessinez-moi pour la prochaine fois un plan de cabane habitable et je me débrouillerai pour qu'elle y soit installée. J'y mettrai quelques ustensiles, comme un réchaud que vous pourrez utiliser de jour uniquement : jamais dans l'obscurité, car on pourrait alors s'apercevoir de votre présence qui doit rester secrète.

— Vraiment, vous pourriez faire cela ? s'étonna Elena, émerveillée devant ce cadeau royal.

Elle était émue, au-delà des mots, devant ce geste généreux.

— Je peux le faire, mais au moindre faux pas, tout ceci devra disparaître, suis-je bien clair ? lui répondit-il pour couper court à toute émotion. Maintenant, suivez-moi.

Et sans la laisser en dire plus, il se dirigea vers la Ville. Elena lui emboîta le pas, le cœur en joie.

Il ouvrit la porte donnant sur le Tiers et se glissa dans la rue miteuse. Elle le suivit, le cœur battant, ne pouvant croire que ses rêves les plus fous allaient se réaliser. Garder le secret ne la dérangeait pas, d'ailleurs personne ne lui demanderait où elle s'était absentée pendant ces quelques jours ; elle était comme un lambda invisible. Ils arrivèrent à la porte, précieuse à son cœur, marquée du signe à la craie, sa caverne d'Ali Baba. Et cet homme était son sésame, un sésame qui lui faisait curieusement confiance. Le dernier fil auquel tenait sa vie, son portail d'éternité.

Arrivés sur le palier intérieur, ils entendirent le ronronnement familier des machines, plus bas à droite. Il fouilla alors dans sa poche de veste et lui remit quelques feuilles et un stylo, écrivit sur l'une des feuilles en majuscules : PLAN DE LA CABANE. Puis ils descendirent sans bruit jusqu'au promontoire. Cette fois, il prit quelques mesures sur le sol et, avec un signe de la main, lui indiqua l'heure du rendez-vous du retour, puis fit un dernier signe pour la saluer. Quelle curieuse relation, distante et pleine de questions !

Pas de château de conte de fées, ni bijoux, ni puissance : elle aspirait simplement à réaliser son rêve de cabane et il lui offrait royalement celui-ci. Elena dessina une cabane qui surplomberait le sol pour éviter les rats ou autres animaux rampants qu'elle redoutait d'avoir à rencontrer ; elle pensa à un petit escalier mobile qu'elle remonterait le soir venu : adieu, les petits rongeurs ! Il y aurait une petite fenêtre, un trou d'aération pour laisser passer la fumée du réchaud, peut-être un panneau solaire pour avoir une source d'énergie. Elle imagina y trouver une petite table pour écrire ou dessiner et manger, une chaise ; quel bonheur de visualiser un tel lieu ! Où allait-il décider d'installer cette construction ? Faudrait-il la cacher du regard, fermer la porte à clef ? Elena se mit à rêver en contemplant la rivière, les ombres descendaient doucement : il était déjà l'heure de remonter.

Peu de temps après, Elena reçut un courrier envoyé par une galeriste du centre de la ville qui lui proposait de prendre rapidement contact avec elle pour fixer une entrevue, dans l'éventualité d'une collaboration future. Elle lut et relut cette lettre, à la fois inespérée et effrayante, et se résolut à l'appeler pour savoir ce qu'il en était. Elle put parler à la responsable qui lui demanda de l'appeler Veronica : celle-ci lui fixa un rendez-vous dans les jours suivants, en lui demandant d'amener quelques toiles et son *press-book*. Les dés étaient jetés et Elena se jeta à l'eau en se demandant par quel miracle Veronica avait eu connaissance de sa peinture ; peut-être grâce aux quelques toiles qu'elle avait déposées sur son site internet.

Quand elle parvint devant l'entrée de la galerie, chargée de ses toiles, elle faillit rebrousser chemin. C'était une élégante galerie ayant pignon sur rue, précédée par une allée arborée menant jusqu'à l'entrée. En traînant les pieds pour ne pas arriver trop vite, Elena finit tout de même par entrer dans les lieux. Une secrétaire indifférente lui indiqua un siège, le temps qu'elle aille prévenir Veronica : elle était attendue… Au bout d'un temps interminable pour ses nerfs, Veronica apparut et s'avança vers elle, dans un mouvement gracieux et altier, la salua froidement et lui demanda aussitôt son *press-book*. D'une main tremblante, Elena le sortit de son grand sac et le lui tendit, comme si elle posait son cœur sur un plateau étranger.

Veronica regarda longtemps en silence son album, puis se rapprocha des trois toiles apportées en complément, les disposa dans la salle tout en demandant à sa secrétaire de venir à son tour les examiner. C'était horriblement gênant, Elena ne se sentait pas à sa place, mais devait se donner une contenance adéquate à la situation. Elle attendait avec effarement le verdict définitif, le cœur étreint par une angoisse sourde.

— Bien, alors je veux ces trois toiles et les six que j'ai sélectionnées dans votre book. Deux autres grandes toiles seraient les bienvenues pour compléter l'ensemble, tout comme vous êtes la bienvenue pour une exposition qui aurait lieu… Voyons l'agenda… Eh bien, cela tombe bien, l'artiste qui devait exposer dans deux mois a dû ajourner sa participation pour des raisons familiales. Cela vous convient-il ?

Son regard froid détaillait la silhouette d'Elena, dubitatif et condescendant. Elena arriva à grand-peine à plaquer un sourire blasé sur son visage en acceptant la proposition de la galeriste, puis convint de divers détails pratiques, le tout dans un état second.

— Et aussi, reprit Veronica en jetant un discret regard sur la tenue d'Elena, je dois ajouter que nous demandons à nos exposants une tenue précise. Voici un bon pour aller chez Gladys, notre modiste. Elle seule sait habiller correctement nos artistes, dit-elle d'un ton professionnel. Si vous êtes d'accord, bien sûr, ces frais seront avancés et déduits des trente pour cent que nous prenons sur la vente de vos tableaux.

Elena repartit avec l'impression de marcher sur un petit nuage euphorisant. Elle avait laissé en dépôt les trois grandes toiles pour que Veronica les photographie et les inclue dans les articles qui seraient envoyés aux journaux spécialisés.

Veronica lui avait également demandé d'apporter deux futures toiles pour qu'elle puisse les faire encadrer, car elle voulait s'en charger personnellement. Une avenue lumineuse s'ouvrait sous ses pieds incrédules : elle s'imagina congratulée, entourée et respectée. Peut-être qu'elle arriverait enfin à vivre de sa peinture et à pouvoir se perfectionner ?

Dès son retour, elle se lança à corps perdu dans sa peinture, tout en ayant l'impression d'évoluer dans un rêve, quand elle réalisa qu'elle peignait de grandes falaises blanches, s'éclairant d'un rayon lumineux et doux : quelques légères touches de bleu parsemaient ce chant de lumière. Un profil d'humain s'inscrivait dans la roche, puis elle en distingua un autre et encore un autre. Parfois, une barque se profilait à la base des rochers, un héron y volait ; un temps suspendu, son chant d'amour à ce qui lui était offert. Elena y inscrivit aussi de fausses pistes, quelques feuillages, une lune double, mais toujours la roche, omniprésente.

La séance d'essayage de robe valut son pesant d'or, quand la vendeuse prit ses mesures d'un air entendu et qu'elle s'enquit de sa pointure. Quelques bijoux lui seraient loués le temps du vernissage et elle devait revenir dans dix jours pour un dernier essayage. La surprise fut de taille quand elle s'aperçut dans le miroir, vêtue d'une stricte robe noire de cocktail, chaussée d'escarpins à talons si hauts qu'ils lui firent perdre l'équilibre instantanément. La vendeuse lui donna gentiment quelques conseils pour marcher en équilibre sur ces échasses. En même temps, on lui donna discrètement l'adresse d'un coiffeur ami pour une légère coupe. Personne n'aurait pu reconnaître Elena quand les bijoux furent ajustés à sa tenue : on aurait pu croire qu'elle était devenue une professionnelle des rendez-vous mondains, c'en était presque amusant ! En repartant, munie de tous ses précieux sacs, les bijoux soigneusement déposés au fond, elle eut l'impression fugitive que le monde lui appartenait ! Cette galerie se donnait beaucoup de mal, elle avait affaire à des professionnels de l'art et cela méritait qu'elle fasse un effort de représentation.

6

LES ROCHES

Le jour du vernissage arriva bien trop vite. Les tableaux évoquant les falaises blanches étaient ses préférés, elle espérait que son compagnon d'aventures ne les jugerait pas trop explicites ; pour éviter cela, elle avait dissimulé les détails un peu trop évocateurs. Sur une des roches était apparu le profil de l'homme, sans même qu'elle en eut conscience au moment de les fixer : la vie avait de l'humour ou bien étaient-ce les falaises qui auraient eu une mémoire, elle ne le savait pas. Autant renoncer à expliquer ce qui la dépassait un peu plus chaque jour. Pourvu qu'il ne se reconnaisse pas tout de même… De quoi aurait-elle l'air, quel message recevrait-il ?

Prenant une grande inspiration pour se donner du courage, elle entra, habillée comme une princesse, donnant d'elle une image bien éloignée de ce qu'elle se sentait vraiment être. Quitte à être ridicule, autant le faire avec panache et elle s'avança vers Veronica qui l'inspecta des pieds à la tête avec un discret signe de tête approbateur.

— Vous voilà enfin prête, soyez naturelle ! Je vais vous montrer notre fonctionnement interne, au cas où moi et ma secrétaire serions débordées toutes les deux en même temps. Ici, les documents, deux par tableau, chacun étant numéroté comme l'étiquette l'indique sous chaque œuvre exposée ; vous voyez une petite photo de chaque peinture sur la feuille pour vous repérer. Nous y collerons une pastille rouge quand le tableau sera vendu. Une des fiches sera conservée par nous, annotée avec les coordonnées de l'acheteur et sa signature prouvant son intention d'achat, pour que nous puissions lui livrer sa commande à la fin de l'exposition. L'autre fiche sera donnée à l'acheteur avec nos coordonnées bancaires pour qu'il puisse faire son virement. À la réception de la somme, nous lui livrerons le tableau à domicile, avec le certificat de vente. Il devra nous signer un document attestant qu'il a bien réceptionné son tableau, mais ça, ce sera le travail du livreur. Nous confions aux visiteurs la liste des tableaux dans la galerie, assortie de leurs prix respectifs, et nous devons veiller à y apposer immédiatement des pastilles rouges indiquant quels tableaux sont réservés.

Elena trouva ce système pertinent et se promit de l'utiliser pour d'éventuelles expositions futures.

— Je vous présenterai aux collectionneurs et marchands d'art, à vous la suite ! Nous espérons qu'ils viendront tous, ils ont reçu l'invitation, en tout cas…

Et un ballet ininterrompu de visiteurs se mit en place. Un ballet qui l'affola au début : parler peu, sourire, se donner un air serein et surtout, ne pas fixer son regard sur la survenue ou non de petites pastilles rouges sur le mur… *C'était un premier essai*, pensait-elle en se le répétant régulièrement. Elle parviendrait peut-être à se faire un nom et même finalement à montrer la valeur de ce qu'elle avait créé. Cette pensée lui donna un plaisir presque enfantin. La vue de deux nouveaux arrivants la fit sursauter : Ariane et son mari venaient à son vernissage. Ariane, comme à son habitude, affichait un calme souverain en se dirigeant vers elle, suivie de Marc.

— *Darling*, ce lieu est magnifique, en plein centre de la ville, tu me surprendras toujours !

En disant cela, elle souriait à de nombreuses personnes présentes qu'elle connaissait probablement.

— Montre-nous tes nouvelles peintures ! Je suis ravie d'être ici et que Marc ait accepté de m'y accompagner. Il suit de près ton parcours et me disait encore hier qu'il était prêt à t'aider… Quel merveilleux mari ! dit-elle en le regardant se rapprocher.

Elena, réconfortée par la présence de son amie, sentit le regard pensif et comme étonné de Veronica sur elle. Elle s'apprêtait à les mener vers ses plus anciennes peintures, celles qui ne représentaient pas encore les roches blanches, quand Marc se dirigea volontairement vers les nouvelles, aux formes blanches striées de traits noirs.

— Un bel endroit en vérité. Est-ce figuratif ou abstrait ?

Le ton était neutre, mais Elena sentit les poils de ses avant-bras se hérisser, pressentant un potentiel conflit. La question était posée directement, sans ambiguïté, et Marc semblait déterminé à connaître sa réponse.

— Oh, tu veux parler de celles-ci ? dit Elena, pétrifiée, en tentant de sourire. Je me suis inspirée du travail d'un peintre qui excelle dans la représentation de rochers et j'ai voulu relever le défi en éclaircissant ses traits un peu sombres.

— J'aime beaucoup ! s'exclama Ariane, à la rescousse de son amie. Cela me fait penser à ces peintures chinoises anciennes… Quelle légèreté dans le trait ! On pourrait presque apercevoir des personnages, tu ne trouves pas, Marc ? dit-elle en lui pressant le bras.

Elena sentit le regard devenu acéré de Marc sur elle ; il était penché vers elle, comme prêt à bondir.

— En fait, chaque spectateur voit des ombres se dessiner et ce qui est étrange, c'est que moi-même, je ne les ai pas remarquées pendant mon travail. Ce phénomène est connu dans le monde de la peinture : chacun est libre de se projeter à sa façon. Je ne vois pas comment j'y aurais dessiné des personnages humains ou animaux, puisque je n'avais l'intention de ne peindre que des rochers…

D'un geste négligent, Elena se tourna vers les peintures plus anodines pour poursuivre sa présentation, poussant intérieurement un ouf de soulagement quand elle sentit le couple suivre son mouvement dans son dos.

Après avoir rapidement fait le tour de ses œuvres, Marc prit la parole :

— Tu te rappelles, ma chérie, que nous devons partir rapidement pour ne pas être en retard au dîner des Lacoutre, il est temps de prendre congé. Elena, nous tenions absolument à voir ta production et nous t'en félicitons.

Le ton était chaleureux, mais Elena pouvait sentir la tension sous-jacente, faussement badine.

— Tu nous tiens au courant pour tes prochaines expositions, si elles se présentent, bien sûr !

Ce message fit à Elena l'effet d'un uppercut à l'estomac. Était-elle seule à percevoir la menace cachée ? Non, elle se faisait sûrement des idées. Le couple, déjà, repartait avec aisance en fendant les groupes vers la sortie.

Pensive, elle vit alors Veronica se rapprocher d'elle, accompagnée d'un groupe de personnes qu'elle n'avait pas vues entrer, absorbée dans la contemplation de ce visage humain, incrusté dans les roches, sur une de ses toiles.

— Ces personnes désirent vous être présentées, Elena, dit Veronica d'un ton affable et en tendant la main pour désigner les nouveaux arrivants. Elisabeth Smithsonian, conservatrice du musée Cromwell, Harry Dufour, tout nouveau directeur artistique de la Fondation des Roches qui va nous réserver quelques belles surprises prochainement et Nathanael Nawthorn, conseiller de la même fondation.

Plaquant un sourire poli, Elena tendit la main à la première personne citée, une femme blonde et élégante qui posa un regard insistant sur elle, presque interrogateur. Elle y répondit du mieux qu'elle put : un regard qui avait du sens, cela la rendit songeuse un instant. Puis elle se souvint in extremis qu'elle devait aussi saluer les deux autres personnes et tendit automatiquement la main.

— Harry Dufour, dit une voix claire et gaie, quoiqu'un peu étonnée du manque de présence de son interlocutrice. Enchanté de faire votre connaissance.

Le tout fut dit dans un esprit de conquête évidente. Elena tenta de rester chaleureuse mais neutre et replaqua le sourire de convenance exigé.

— Nathanael Nawthorn, à mon tour de me présenter, dit la troisième personne d'une voix qui faillit la faire sursauter, avant même qu'elle le regarde.

Elle devait absolument se reprendre et ne pas montrer sa surprise, car c'était lui. Il lui saisit fermement la main, comme pour l'empêcher de tomber ou de réagir de façon disproportionnée.

Froid, imperturbable, presque menaçant devant sa misérable réaction, il la maintenait à flot, par-delà les paroles. Il l'avait avertie, bien sûr, et pourtant, même en s'y attendant vaguement, le voir dans le monde de la Ville la désorientait gravement. En inspirant profondément, elle lui rendit son salut par la phrase la plus banale qu'elle avait trouvée, in extremis. Et le trio s'éloigna dans les mouvements de la foule changeante.

Elena dut se retourner dans la contemplation du tableau un moment, le temps de retrouver son calme. Il était venu assister à son vernissage, il était là et cette pensée banale lui réchauffa le cœur. De nouveau, elle n'était plus isolée, exposée à ses doutes et aux menaces qu'elle seule pressentait. Tout en l'observant furtivement de loin, elle se sentait plus forte maintenant, comme protégée par son attention, et c'est en souriant presque qu'elle revint à ses obligations professionnelles. Finalement, elle avait bien eu raison de suivre son instinct qui l'avait poussée à défendre ce lieu qui lui était essentiel pour pouvoir y revenir : elle y avait trouvé une nouvelle inspiration, la paix et un homme rassurant était prêt à protéger ses rêves.

La salle s'ouvrait sur une terrasse de moyenne surface où s'étaient regroupées pour discuter plusieurs personnes. Même si des nuages noirs s'amoncelaient à l'horizon, la température restait encore clémente. Cela lui donna envie de respirer un peu d'air frais ; un verre de vin serait finalement le bienvenu, maintenant que le premier rush était passé. La terrasse surplombait une partie de la ville et le croisement de deux rues, et se trouvait à la hauteur des toits d'autres buildings environnants. C'était amusant de distinguer des détails invisibles d'en bas : quelques humains se trouvaient sur le toit d'en face, comme s'ils tentaient de ne pas se faire voir. Habillés en noir comme ils l'étaient, cela devait sûrement être des artisans.

Un duo se rapprocha d'elle, Harry et Nathanael, pour prendre une coupe de vin sur la table qu'elle touchait avec sa robe. Un sourire engageant sur le visage, ils s'apprêtaient à lui adresser la parole et elle voulait les remercier également d'avoir choisi un de ses tableaux, quand un reflet fugace, venant de la gauche, attira son attention. Comme elle intégrait toujours mentalement les personnes l'environnant, comme à son habitude, elle n'identifia rapidement aucun objet à l'origine de ce phénomène. Alors elle tourna brusquement les yeux vers la gauche pour détecter d'où venait ce bref éclat lumineux. Elle n'eut que le temps de pousser un cri à la vue de deux hommes braquant un fusil dans leur direction. Le temps que Nathanael suive son regard et se retourne vivement, Elena les avait déjà projetés au sol en hurlant :

— Attention !

Et sans réfléchir à son geste, elle renversa les personnes proches d'elle en tombant sur ses deux compagnons. Éberlués et choqués, ils allaient se redresser quand un coup de feu claqua, un mètre au-dessus de leurs têtes. Ils comprirent immédiatement la situation et rampèrent en l'entraînant avec eux vers la haute cheminée d'immeuble qui se trouvait au coin de la terrasse.

— Cachez-nous des autres visiteurs, vite ! Prenez votre foulard et tenez-le devant nous !

Une voix autoritaire et sans appel, celle de Nathanael, qui s'était accroupi en retrait avec son ami, contre la cheminée.

Comme dans un songe éveillé, elle obéit à leur demande incongrue en tremblant et tendit le tissu entre eux et les invités. Elle en profita pour se cacher derrière, elle aussi. Deux coups de feu répondirent au premier coup : ils venaient de derrière elle. Non, ce n'était pas possible, quelqu'un tirait dans son dos ? Affolée, elle se tourna vers eux et les vit effectivement tirer, concentrés et parfaitement à l'aise dans cette situation, visant le toit voisin. En se retournant vers la terrasse, alertée par les gémissements qu'elle entendait, elle ne sortit que les yeux au-dessus de son foulard : un paysage de désolation et de cavalcades de panique s'offrit à elle. Une pauvre femme étendue sur le sol gémissait, tandis que certains l'escaladaient pour sortir au plus vite dans l'affolement général. Son regard accrocha le sien, semblant l'implorer de venir à son secours. Lorsqu'elle vit une troisième personne la piétiner, ce fut plus fort qu'elle. Elle accrocha son foulard à deux clous plantés dans le mur pour en faire un paravent improvisé, rampa en passant dessous et vint auprès de la blessée. Une voix furieuse se fit aussitôt entendre :

— Revenez immédiatement vous mettre à l'abri !

Toujours en rampant, mais cette fois-ci en marche arrière, elle tira la femme blessée par les pieds vers le renfoncement d'un mur protecteur. Elle vérifia qu'aucun pronostic vital n'était engagé et tenta de la rassurer au mieux.

— Mais vous êtes complètement folle, vraiment ! entendit-elle dans son dos.

Elle haussa les épaules, en sachant bien qui lui avait adressé la parole ainsi. Il fallait absolument reprendre son inspection des lieux ravagés. Bouteilles au sol, verres fracassés, fleurs réparties au hasard sur le sol. Un rapide tour d'horizon lui permit de constater que la terrasse avait été désertée. En regardant mieux, elle vit avec terreur d'autres formes humaines de l'autre côté de la terrasse, à l'opposé de celles qui tiraient depuis un autre immeuble. L'orage grondait maintenant. Les désigner discrètement du doigt à Nathanael sans émettre de cris lui demanda un gros effort. Ils allaient finir par y rester si un monde fou se liguait contre eux ; c'était une situation délirante, digne d'un mauvais polar, et elle détestait les romans policiers, ça tombait vraiment bien…

Dire distinctement d'une voix calme : « Trois tireurs à neuf heures », comme si elle disait à voix haute que le postier arrivait. Il fallait rester calme.

À ses mots, deux jurons furent proférés sourdement, presque conjointement. Inexplicablement, cela ressemblait à un piège. Nathanael et Harry inversèrent leurs positions sans bruit et tirèrent simultanément sur la nouvelle cible, tandis qu'Elena se penchait sur la blessée pour la rassurer du mieux qu'elle pouvait. Deux blessés gisaient maintenant sur le sol de la terrasse.

— Il en reste un qui court ! ne put-elle s'empêcher de crier en le désignant du doigt.

Harry conversait calmement au téléphone, des messages brefs, directifs, et Nathanael surveillait les différentes terrasses avoisinantes, revolver en main. Se sentant observé, il eut un bref coup d'œil vers elle : ses yeux brûlaient d'une fureur mal contenue, mais il émit un clin d'œil dans sa direction qui vint adoucir ses traits creusés par la colère. Il reprit ensuite son guet, immobile, tel un félin sur le point d'attaquer sa proie.

Ce fut au bout d'un quart d'heure, qui parut une éternité à Elena, que des policiers surgirent sur le toit. Ils donnèrent une pluie d'instructions brèves quand ils parvinrent à Harry qui, blessé, se tenait l'épaule, alors que le sang rougissait son blazer ; il avait dû en perdre beaucoup, car il était blanc comme un linge. Des agents l'emportèrent rapidement à l'intérieur. Nathanael et Harry avaient eu le temps de cacher leurs armes. On emmena aussi la femme blessée sur un brancard et Elena l'accompagna jusqu'à l'ambulance en tâchant de la rassurer. La femme eut à peine le temps de lui saisir la main pour lui dire merci que l'ambulance repartait sur les chapeaux de roue. Un policier s'approcha d'elle, trapu et musclé, d'une cinquantaine d'années. Il s'adressa à elle d'une voix tranchante :

— Madame, suivez-nous, nous devons vous interroger.

C'était un ordre, pas une demande…

— Mais c'est mon exposition, je dois être là et rassurer les gens !

Nathanael, en passant derrière le garde, lui glissa quelques mots à l'oreille et celui-ci s'inclina. Il dit alors à Elena qu'il avait fait une erreur de personne et retourna vers d'autres personnes qui auraient pu être témoins. Malgré tout, il lui sembla qu'il la regardait d'une drôle de façon ; Elena n'aimait pas cet air-là. Elle rejoignit alors, les jambes tremblantes, le bureau où l'effervescence était palpable. On l'aurait été pour moins que ça ! Certains se remettaient à parler haut et fort, quelques journalistes photographiaient la scène.

Ils avaient failli mourir, se dit-elle en frémissant. Était-ce donc cela le monde de Nathanael et de Harry ? Quelle part avaient-ils dans ce guet-apens et voulait-elle, elle, entrer dans ce mystère guerrier ? Une brusque envie de prendre ses jambes à son cou la saisit, mais peut-être était-ce déjà trop tard. Nathanael était déjà derrière le comptoir, à visionner ce que les caméras de surveillance avaient enregistré, sous le regard aiguisé de Veronica, comme aux aguets.

Brusquement, Elena ressentit un danger ; cela n'allait-il jamais finir ? Elle vint vers le comptoir sur lequel elle tapota trois coups précis, leur signal commun de danger, celui qu'il lui avait précédemment indiqué au cas où... Surpris, Nathanael releva la tête de l'écran pour la regarder, sans comprendre ce qu'elle voulait dire. Alors, elle cacha son index droit dans sa paume gauche ouverte, hors de la vue de Veronica, pour indiquer d'où venait le danger. Elle pointa son doigt vers Veronica, juste derrière elle.

Celle-ci, toujours aux aguets, sentit elle aussi le danger et bondit en tenant un couteau acéré à la main, en visant le cœur de Nathanael. Mais il avait été prévenu et s'était préparé au danger. Elena eut à peine le temps de relever son écharpe et de l'étendre pour en faire à nouveau un paravent. Son pauvre foulard de marque était déjà bien déchiré... *À la guerre comme à la guerre*, se dit-elle, déterminée à sauver ce qui restait de son vernissage catastrophique. Cette folle furieuse avait déjà été neutralisée et deux policiers la menèrent discrètement dans un fourgon situé à l'extérieur.

Le même policier qui avait voulu l'interroger quelques minutes auparavant avait tout observé à quelques mètres de là et n'avait pas eu le temps d'intervenir. Il s'approcha d'elle pour l'aider à replacer sa pauvre écharpe sur ses épaules, comme s'il voulait se montrer galant, et en profita pour lui dire à l'oreille, de façon à ne pas être entendu :

— Merci vraiment, je n'ai pas eu le temps de réagir et s'il y avait eu un drame, je me serais senti responsable de cet attentat imprévu : je trouve finalement votre châle très pratique. Peut-être devrais-je m'y mettre et en porter un sur mon uniforme ! Toutes mes félicitations, conclut-il en s'éloignant avec un clin d'œil complice.

Mais Elena sentit qu'il se posait des questions sur sa connaissance d'un certain code d'alarme. *On verrait cela plus tard, penser à en parler à Nathanael.* Elle prononça son nom avec délicatesse. Elle venait de le découvrir, niché tel un oisillon à peine éclos dans son nid tout juste découvert, et le redire tout bas lui redonna cette jolie perception d'un petit œuf tout juste dévoilé.

Il lui fallait une bonne dose de whisky pour se remettre de toutes ces émotions successives, c'était indispensable ! se dit-elle en se dirigeant vers le placard de la cuisine où elle savait en trouver parmi d'autres bouteilles d'alcool. Il faisait sombre dans cette pièce, curieusement seulement éclairée par un écran qui diffusait des images du hangar adjacent. Des hommes couraient en tous sens, Elena les voyait s'agiter parmi les toiles entreposées. Par intérêt professionnel, elle choisit d'observer quels tableaux ils prendraient en premier pour les protéger : peut-être les siens ? Mais ces hommes ne portaient pas d'uniformes et à force de les regarder, elle réagit, cette fois en colère : ces hommes n'allaient quand même pas saccager aussi ses toiles de l'arrière-boutique ! Il fallait intervenir, mais quel monde d'ignares ! Son exposition serait définitivement sinistrée à ce jeu-là…

Elle repartit, furieuse et le pas décidé, pour se diriger vers son ours préféré de policier, auquel elle tenta d'expliquer qu'elle en avait assez de tout ce saccage et qu'il devait stopper la fouille brutale de l'entrepôt. Immédiatement, son ours préféré réagit en donnant deux brefs coups de téléphone, rassembla lui-même deux autres policiers présents à ses côtés pour foncer vers l'écran de la cuisine. Elena espéra qu'ils ne boiraient pas son whisky à peine entamé. Un des policiers demanda à la secrétaire mutique d'ouvrir son ordinateur et de donner le code à Elena pour qu'elle puisse continuer seule la vente : ils avaient besoin de l'interroger à son tour. De mauvaise grâce, la secrétaire les suivit et Elena se retrouva derrière le comptoir, désespérée par la tournure qu'avait prise cet événement qui aurait dû être la consécration de ses rêves. Adieu, poules, cochons, elle était comme la Pierrette et son pot à lait, cassé avant d'arriver au marché, brisant ainsi tous ses rêves de futurs achats.

Ce fut à ce moment-là que Nathanael fit tinter un verre de cristal avec une cuillère pour obtenir le silence dans la salle bruissant de murmures affolés.

— Mesdames, Messieurs, nous tenons à vous dire que les policiers m'ont fait savoir que la situation était totalement sous contrôle. Les responsables ont tous été arrêtés et mis en lieu sûr où ils ne pourront plus nuire, grâce à Dieu, conclut-il avec un petit rire détendu. Des agents de sécurité sont parmi vous pour assurer le bon déroulement de ce vernissage auquel je vous remercie d'avoir participé par votre calme. La directrice a dû s'absenter quelques heures pour répondre à un interrogatoire usuel dans ce genre d'incident. Elle m'a donc chargé d'assurer la relève et de vous permettre de passer une belle soirée en compagnie de notre artiste du jour, Elena Lavallée, qui a accepté de se charger de vos éventuels achats, puisqu'il n'y a plus personne à part elle pour pouvoir assurer avec brio l'intérim. Qui est mieux placée qu'elle, après tout !

Il y eut quelques rires dans l'assistance, l'atmosphère commençait à se détendre.

Bravo, Nathanael, se dit intérieurement Elena. La situation pouvait encore se normaliser.

— Je profite de l'occasion, malheureuse certes, continua-t-il d'une voix légère, pour pouvoir vous annoncer la création de la Fondation des Roches qui aura pour but d'assurer la promotion de jeunes peintres talentueux et dont je serai le conseiller financier. Harry, que tout le monde connaît ici *(rires dans l'assistance),* en sera le directeur et conseiller artistique et nous pouvons dès aujourd'hui vous annoncer également que dans nos choix de dix peintres d'avenir, nous avons décidé de sélectionner la talentueuse Elena Lavallée. Vous aurez donc à nouveau l'opportunité de suivre son évolution artistique dans une de nos prochaines expositions.

Il se tourna alors vers Elena et lui fit signe de se lever, car elle semblait statufiée sous le choc de cette annonce.

— Vous pouvez l'applaudir !

Ses jambes tremblant sous elle, elle se leva, souriante, et s'appuya des deux mains au bureau pour se tenir debout. Nouveaux applaudissements dans une salle qui avait définitivement repris des couleurs.

Cela faisait beaucoup en quelques heures seulement, le policier nounours s'en aperçut et s'approcha d'elle :

— Vous avez besoin de boire quelque chose, que diriez-vous d'un grand whisky, comme celui dans la cuisine ? Je vais vous le chercher.

Et en riant, il partit à l'arrière pour revenir avec la bouteille et quelques verres.

— Pour trinquer avec vous. À votre succès ! dit-il en servant deux verres pour lui en tendre un et boire avec elle. Vous l'avez bien mérité, franchement ! Et même si je ne le bois pas – c'est interdit pendant le service –, croyez bien que je le regrette !

Elena entendit à nouveau sa voix bourrue, après qu'elle eut bu une grande gorgée salvatrice de ce merveilleux liquide.

— Vous savez, je suis macho, mais sur ce coup-là, je dois reconnaître que je vous dois une excuse et deux remerciements. Comme cela est très inconfortable pour mon ego, accepteriez-vous de me vendre deux de vos tableaux ? Nous serions quittes et je me sentirais soulagé de ma dette.

Il fit éclater de rire Elena par sa franchise et son honnêteté, tout macho qu'il était ! Il ne connaissait probablement rien à la peinture, mais, séduite, elle accepta son offre en le dirigeant vers ses toiles pour l'aider à choisir celles qui le touchaient. Il lui avait demandé avec timidité de bien vouloir l'aider dans son choix.

— Je vais vous les montrer toutes et vous me direz à quoi cela vous fait penser, celles qui vous font du bien ou pas.

Petit à petit, son sergent peluche fit, à sa manière, une analyse commentée de chaque tableau, une analyse qui l'émut profondément. À la fin de la tournée, Elena s'aperçut qu'un groupe de dix personnes s'était adjoint à leur duo et écoutait avec attention et amusement le dialogue qui s'était instauré entre eux.

— Vraiment, sergent, vos commentaires sont très intéressants, intervint l'un d'entre eux avec sérieux.

— Je n'aurais su résumer ces peintures aussi bien, fit remarquer un autre participant.

Rouge de fierté, son ours de sergent leva la tête et lui dit d'une voix haute et assurée :

— Voilà mes choix : le numéro cinq et le huit.

Rayonnant de joie, Elena posa une pastille rouge sur les deux tableaux sélectionnés et sur les listes à disposition dans la salle. Trois tableaux avaient été vendus, l'honneur était sauf, même si ces ventes reflétaient plus de la gentillesse qu'un intérêt réel.

Une jeune fille s'approcha timidement d'Elena en se présentant comme la fille de la femme blessée sur la terrasse. Elle rassura Elena sur l'état de santé de sa mère et tint à lui exprimer sa gratitude, ainsi que celle de sa mère, pour son intervention au cours de la bousculade.

— Par ailleurs, dit-elle, ma mère a fortement insisté pour que je vienne ici pour vous acheter la toile numéro quatre ; elle voulait la réserver de toute façon, mais ces malheureux événements l'ont empêchée de le faire. Est-il toujours libre ?

Il l'était et elles remplirent ensemble les deux formulaires d'achat et de vente. Quand elle vit Elena indécise, elle lui demanda ce qui se passait.

— Je ne peux pas trop m'éloigner du bureau, mais je dois aussi apposer ces vignettes rouges sur le tableau et les listes éparpillées dans la salle : la secrétaire a dû partir, elle aussi, pour un interrogatoire.

— Oh, s'il vous plaît, laissez-moi m'en charger, c'est très amusant, cela me rappelle nos jeux d'enfants. Donnez-le-moi ! demanda-t-elle avant de partir en un clin d'œil, sans lui laisser le temps de protester.

Nathanael, de son côté, continuait à jouer parfaitement le rôle de maître de maison, tout en surveillant discrètement Elena. *Elle était vraiment surprenante et arrivait à rendre chaleureuse une réunion mondaine*, se disait-il intérieurement. Sa propre secrétaire, Claire, était venue en renfort à sa demande et se présenta en souriant à Elena pour prendre en main la situation, en excellente professionnelle. Simple, efficace et joyeuse, Claire la félicita pour la qualité de ses toiles et le succès de son vernissage, puis lui expliqua ce qui devait se passer ensuite, à propos de la Fondation. Elena n'avait pas eu le temps d'intégrer cette nouvelle annonce et son aide chaleureuse lui permit d'avoir le temps de se faire à cette offre extraordinaire.

— La galerie doit fermer ce soir, dès la fin du vernissage, pour enquête, reprit Claire. Nous avons eu une autorisation exceptionnelle pour poursuivre le vernissage, mais la terrasse, les cuisines et le hangar sont bouclés. Un camion viendra ce soir charger tous vos tableaux, une fois qu'ils seront emballés, dit-elle en exhibant ciseaux, rubans de ficelle et cartons posés au sol. Je vais avoir besoin de votre aide !

Elena accepta avec reconnaissance. Cette femme lui plaisait beaucoup. Claire s'occupa de changer les coordonnées bancaires pour chaque acheteur, le compte de Veronica étant gelé – clin d'œil mi-sérieux –, et, à chaque versement effectué, une de leurs équipes se chargerait de la livraison, à l'heure et lieu de rendez-vous convenus entre elle et l'acheteur, et de la signature des derniers papiers.

— Mais, objecta Elena, admirative de son sens de l'organisation, tout ceci a un coût, combien vous dois-je ?

— Vous faites dorénavant partie de la Fondation des Roches et nous antidaterons votre contrat à ce jour, puisqu'il y a eu rupture de contrat avec Veronica. Elle est fortement soupçonnée d'avoir participé à ce carnage, raté fort heureusement. Donc, nous prélèverons une somme de dix pour cent sur vos ventes pour financer ce genre de travail, conformément à la charte de la Fondation. En tant que conseiller financier, monsieur Nawthorn vous contactera pour mettre au point ce côté commercial. Je serai également la secrétaire de cette Fondation pour la mise au point concrète ; voici ma carte, n'hésitez surtout pas à me contacter en cas de besoin. Bienvenue à la Fondation ! dit-elle dans un grand sourire en tendant une main qu'Elena serra, pleine de gratitude. Après un moment d'hésitation, elle l'enlaça pour l'embrasser, tellement elle se sentait touchée par tant de volonté d'aider.

— Et moi, alors ? protesta gentiment la jeune fille qui revenait de sa course au trésor de pastilles rouges.

Elena fit rapidement les présentations, lui expliqua ce qui se passait et l'embrassa chaleureusement à son tour, à la grande joie des deux interlocutrices. Elena avait rencontré tant de belles personnes à cette soirée catastrophique, des personnes qui étaient devenues ses amis, elle, la solitaire et l'amère ! Nathanael était vivant, ils avaient réussi à recréer un lieu sur la terre des hommes, la Ville Haute, et certains appréciaient sa peinture.

Tard dans la soirée, elle put revenir chez elle, épuisée mais heureuse. Encore incapable d'intégrer tout ce qui venait de passer. Qui était vraiment Nathanael ? Pourquoi possédait-il un pistolet ? Et qui étaient ces personnes qui semblaient lui en vouloir sérieusement au point de peut-être vouloir l'éliminer ?…

7

AUSTRALIE

Elle ne savait pas que cet homme, pendant ce temps, était fasciné par ce qu'il découvrait d'elle : ses qualités de thérapeute, sa peinture si éloignée des genres admis et reconnus.

Dans ses bureaux, il avait convoqué sa secrétaire personnelle, Claire, et lui avait fait part de sa volonté de se soustraire aux taxes exorbitantes imposées sur son entreprise en créant une fondation, sa propre fondation, qui aurait à cœur de promouvoir une dizaine d'artistes cherchant la reconnaissance. Une fondation qui les guiderait sur le chemin et dans laquelle il serait leur conseiller technique. Autant que ses relations soient utiles à d'autres plus démunis et ne sachant pas se vendre ! Il avait donc eu besoin de son aide pour la mise en place de cette structure, tout en taisant, bien sûr, que c'était en fait un prétexte pour pouvoir joindre Elena sans éveiller les soupçons.

Il y prenait plaisir, étonné, ne sachant pas sur quoi cette initiative allait déboucher, lui qui était à mille lieues du monde artistique. Cette idée résonnait en lui, porteuse de petits éclats de lumière d'inconnu, sensation oubliée depuis bien longtemps, et cette constatation lui fit comprendre qu'il s'ennuyait dans son monde rodé, façonné par lui, bien sûr, mais le plus souvent prévisible.

— Mais comment comptez-vous choisir ces artistes ? lui demanda, étonnée, la sagace Claire qui connaissait son boss sur le bout des doigts. Comment pensez-vous les aider ? Par un réseau relationnel, par des moyens financiers ou par l'achat de matériel de peinture ?

Déjà, elle visualisait de façon concrète ce que sous-tendait ce projet et c'était une qualité qu'il appréciait en elle, ce côté motivé et pragmatique qui consolidait ses décisions sans avoir à en débattre avec elle. Elle gardait une âme d'enfant, simple et joyeuse. Seulement là, elle en restait estomaquée ; jamais son patron n'avait montré un intérêt pour une action philanthropique, encore moins – elle en riait intérieurement – pour le monde artistique !

— À ce propos, cette fondation se nommera Roches blanches, conclut-il le plus sérieusement du monde. Elle organisera mensuellement une exposition consacrée, tour à tour, à chacun des artistes soutenus. N'y a-t-il pas un entrepôt inutilisé qui nous appartienne, derrière la loge du concierge de l'immeuble ?

— Oui, bien sûr, répondit-elle, ébahie.

Ainsi, il était sérieux et déterminé à faire avancer son projet sans tarder, comme s'il s'agissait de construire une nouvelle société dans son groupe.

— Alors, nous allons le transformer rapidement en salle d'exposition et en entrepôt pour les toiles, à l'arrière. Il faut planifier une rénovation du lieu : des planchers en beau bois, créer une partie bureau, une autre pour le recueil des toiles, et aussi une partie cuisine-bar pour que les traiteurs viennent préparer les plats lors des vernissages. Faites un appel d'offres aujourd'hui, faites un premier tri dans les propositions d'architectes en ayant soin de leur fixer un prix maximal à ne pas dépasser, honoraires compris. Je veux ces projets sur mon bureau au plus tard dans quinze jours, avec l'assurance que les travaux seront achevés au plus tard dans cinq semaines, condition inscrite dans le contrat, sous peine d'amendes journalières conséquentes si dépassement. Ils sauront à quoi s'en tenir avant de s'engager. Je déciderai le jour même, après avoir examiné les trois meilleurs projets que vous aurez sélectionnés. Préparez déjà une équipe de rénovation : plombiers, maçons, charpentiers et peintres, tous prêts à commencer les travaux dans trois semaines au plus tard. Je vais vous adjoindre un conseiller artistique pour vous épauler, un conseiller qui vous accompagnera dans toutes ces démarches. Il aura pour mission également de sélectionner dix artistes et vous préparerez avec lui des articles pour la presse, des flyers pour les vernissages, des press-books et les contrats les liant à la Fondation.

— Mais... parvint à articuler Claire qui était une secrétaire de direction accomplie, dans le domaine commercial et industriel.

Ce changement de direction signifiait-il qu'il voulait se séparer d'elle ?

— Je vous demande beaucoup, lui répondit-il, sans doute conscient des doutes semés chez sa secrétaire préférée, mais c'est pour l'excellente raison que je fais entièrement confiance à vos capacités et qu'elles seront parfaites pour ce nouveau chantier. Vous aurez une assistance pour le travail routinier de nos bureaux, bien sûr.

Il s'arrêta un moment, songeur, puis reprit :

— On commençait à s'ennuyer, n'est-ce pas ? En route pour la nouveauté ; les Roches blanches nous attendent ! Nous trouverons une personne qui prendra en charge temporairement votre travail administratif et vous aurez deux jours pour la former, dès demain. Et d'ailleurs, choisissez la personne qui sera votre remplaçante intérimaire, ce sera mieux pour vous. Vous pourrez ainsi mieux vous consacrer à vos nouvelles fonctions, jusqu'à ce que la Fondation ronronne quasi toute seule. Cela vous convient-il ?

Ses gestes amples décrivaient sa pensée, l'un chassant l'autre. Sa voix vibrait d'excitation.

Claire appréciait beaucoup l'entrain et le professionnalisme de son responsable, elle lui faisait entièrement confiance et elle s'entendit lui répondre oui avec enthousiasme, ravie de se confronter à un nouveau défi.

Il restait à convaincre son dilettante de vieil ami qui avait suffisamment de fortune personnelle pour n'avoir jamais eu à réellement travailler, se contentant d'être amateur d'art et des plaisirs de la vie quand ils se présentaient à lui. Il invita donc Harry à partager un déjeuner dans son club. Celui-ci fit quelques difficultés avant d'accepter son invitation, ce qui ne lui était pas habituel.

Nathanael observa son ami, attablé devant lui. Celui-ci émiettait sans relâche une mie de pain, ses doigts nerveux semblaient trahir une agitation qui l'étonna. Harry avait peu voulu s'étendre sur cet étrange attentat à la galerie, avait-il changé au point d'hésiter sur un engagement ultérieur ? Nathanael préféra reporter cette discussion à plus tard. Il lui exposa alors son nouveau projet. Harry, le souffle coupé, l'interrogea du regard, sûr qu'il s'agissait d'une blague :

— Tu n'es pas sérieux, j'espère ? Toi qui refuses d'assister à tous les vernissages quand je te les propose ?

— Je ne l'ai jamais autant été, et plus j'y pense, plus je réalise que ce projet me tient à cœur. Il y a d'autres raisons bien sûr, comme celle, entre autres, d'échapper au fisc en faisant œuvre utile. Tu serais rétribué largement pour cette mission de prospection et d'accompagnement.

— Mais enfin, être rétribué, moi ? Ce serait un comble, encore qu'à la réflexion, je suis un peu à court, ces derniers temps…

— Pour les apparences, cette organisation est nécessaire ; tu pourras reverser tes émoluments à la Fondation, répondit son ami avec un clin d'œil. Les apparences seront sauves ! J'ai vraiment besoin de ton réseau relationnel et de tes connaissances artistiques.

Ils continuèrent à deviser amicalement le temps de ce déjeuner, jusqu'à ce qu'il lui repose la question :

— Donc, ai-je ton accord, veux-tu travailler avec nous et participer à la création de cette Fondation ?

— C'est entendu, mais je me réserve le droit d'en sortir si, pour une raison ou pour une autre, ce travail m'ennuie. Mais cette nouvelle perspective pourrait être très intéressante. Mon vieux père me considérera avec plus de respect, c'est déjà un point !

— Bien ! On commence aujourd'hui !

— Auj… ?

Nathanael ne lui laissa pas continuer sa phrase, coupant court à toute discussion :

— Oui, aujourd'hui et maintenant ! Donne-moi quelques noms d'artistes qui mériteraient notre soutien pour se révéler au grand jour, je ferai une recherche sur eux de mon côté.

— Ce n'est donc pas une blague, toi, le financier, tu vas ajouter cette activité à toutes les autres !

— Autant que l'argent gagné soit utile à ceux qui essaient de créer, plutôt que d'enrichir les caisses de l'État. Faire cela avec toi me permettra de te voir plus souvent, une des nombreuses raisons cachées de ce choix. Pourquoi ne pas faire profiter à d'autres de nos carnets d'adresses ?

S'ensuivit un dialogue passionné sur la proposition d'artistes éventuels, Internet à l'appui, pour se mettre d'accord sur une vingtaine de noms en présélection ; Elena n'avait pas été pressentie par Harry. *Elle devait vraiment vivre en ermite*, se dit-il, amusé. Il intervint dans les choix de son ami :

— Ah oui, j'aimerais aider un artiste aborigène et lui donner une reconnaissance internationale.

— Un aborigène ?... dit Harry d'une voix mourante.

— Oui, et j'aimerais aussi proposer quelques noms que j'ai repérés de mon côté, et aussi, ah oui, tu sais ? La peintre qui nous a en quelque sorte sauvé la vie, envers qui je me sens redevable d'une certaine façon et dont nous avons massacré la première vraie exposition ? Eline, la Française, ou un nom comme ça… Tu te rappelles d'elle ? Ce serait la moindre des choses ; elle n'a aucun appui et, déjà, certains l'ont repérée.

Harry sursauta comme s'il venait d'être piqué par un insecte, puis se reprit :

— Un aborigène, une Française aux falaises, pourquoi pas un acrobate qui peint quand il est en l'air, pendant que tu y es ?

— Ça me plaît comme ça, lui répondit-il un peu plus froidement qu'il ne l'aurait voulu, et Harry n'osa insister sur ce sujet. Et, à ce propos, cerise sur le gâteau, une fois par an, tu auras le choix d'un invité surprise, ce qui fera monter les attentes du public ! Cela te donnera une assise incontournable dans le monde artistique. Nous prendrons par contrat dix pour cent du prix des ventes, pour le principe.

— Quelle chouette idée, Nathanael, ça commence à m'enthousiasmer ! s'exclama Harry.

— Définissons maintenant nos exigences pour le lieu d'exposition : tu seras partie prenante, secondé par ma propre secrétaire, Claire. Nous aurons à choisir le bon cabinet d'architecture, surveiller les travaux et puis, pendant les deux semaines de travaux, tu partiras en Australie trouver notre oiseau rare, m'envoyer des photos de son travail, l'aider à accélérer sa production, matériellement, j'entends. Il faudra lui faire signer le contrat préparé par Claire, ce qui veut dire que tu partirais dans deux jours, montre en main.

8

UN RÊVE

Il fallut un certain temps à Elena pour recouvrer son calme. Elle sortait de son isolement, mise en confiance par Nathanael et stimulée par la découverte de ce qui était devenu son lieu, le Promontoire, comme elle aimait l'appeler. L'attentat aux Lilas la perturbait, ne sachant comment expliquer ce déferlement de violence visant son nouvel ami. Pourquoi donc portait-il une arme sur lui, comme s'il se doutait qu'elle pourrait lui être utile ? Il était peu probable qu'il accepte de répondre à ce genre de questions suscitées par une curiosité toute féminine : il s'en sortirait par une pirouette une fois de plus ! Elle-même avait dû répondre à Ariane, qui l'avait appelée le surlendemain de l'attentat, avertie par les journaux.

— Ma chère, quelle histoire, as-tu vraiment échappé de peu à un attentat ? Quand je pense que nous aurions pu nous y trouver mêlés, Marc et moi ! Vraiment, je n'en reviens pas de te voir sous le feu des projecteurs : il y a même une photo de toi après l'attentat. Tu sembles si calme, toi qui te caches d'habitude dans les recoins pour ne pas t'exposer au regard des autres ! Je ne te reconnais pas ! Mais peut-être était-ce une mise en scène orchestrée, comme le dit Marc en plaisantant, pour faire un peu de publicité à la galerie ?

Heureusement, le sursaut indigné d'Elena passa inaperçu au téléphone. Prenant une grande inspiration et sentant à nouveau un piège tenter de l'enfermer, elle répondit en plaisantant :

— C'est possible, en effet, qui sait ? Je préfère personnellement ne pas creuser davantage la piste. J'avoue que j'ai eu un peu peur. Qui aurait pu dire qu'il devenait dangereux d'exposer son art ?

La conversation prit fin sur cette note légère, mais le malaise perçu à ce moment-là persista tout au long de la journée. Avait-elle fait le bon choix en s'empêtrant dans cet imbroglio ? Le souvenir radieux de ce moment de grâce suspendu, à l'écoute de la rivière, était le meilleur antidote à cette inquiétude sous-jacente.

Enfin, le boîtier résonna dans sa poche. Impatiemment, elle l'ouvrit et vit deux chiffres s'afficher : 2-4. Dans deux jours, à quatre heures. Il n'était donc pas fâché contre elle, comme elle avait fini par se le demander ; sourire de la vie. Même en rajoutant dans son sac carnet à dessin, encres et pinceaux, elle arriva à le fermer et attendit avec impatience cette nouvelle rencontre. Le nom de son guide lui avait été donné, il avait réussi à créer un réseau grâce auquel il était possible de le joindre. Elle aimait les personnes déterminées qui se donnaient les moyens de réussir et son respect pour

Nathanael n'en devint que plus grand. Quel bonheur de retrouver ce lieu, à l'origine de beaucoup de bouleversements, mais elle sentait que ces bouleversements même, tout aussi pénibles qu'ils soient, étaient nécessaires pour la faire évoluer personnellement.

Brusquement, elle se souvint qu'un agent était censé la surveiller : que penserait-il en la voyant disparaître par une porte de la ville pour ne revenir que trois heures plus tard ? Savait-il seulement que c'était leur lieu de rendez-vous ou de descente vers le Tiers ? Cela tourna en boucle dans sa tête et lui fit imaginer de nombreux scénarios de dissimulation, avant d'opter pour une échappatoire face à son pisteur. Cela marcherait peut-être cette fois et causerait beaucoup d'angoisse au pauvre homme, mais elle n'avait pas le droit de faire prendre un risque à Nathanael. Elle décida d'entrer trente minutes avant l'heure de son rendez-vous dans un grand magasin qui, par chance, était bondé à cette heure-là. En se faufilant rapidement dans la foule, elle parvint à se cacher derrière un comptoir vide, le temps d'enfiler prestement sa perruque et le reste de son déguisement, priant mentalement pour que personne ne la découvre en train de se déshabiller en cachette. Tant pis, elle se grimerait derrière la porte du Tiers, en attendant son guide. En catimini, elle atteignit la sortie la plus proche sans avoir aperçu son agent à ses trousses. Il fallait absolument lui demander quelles autres solutions existaient, ce genre de scénario digne d'un film à suspense lui déplaisait. En arrivant un quart d'heure plus tôt derrière la porte du Tiers, elle se prépara à devoir attendre un peu quand une forme humaine dans la pénombre la fit sursauter. Soulagée de réaliser que ce n'était que Nathanael, elle le vit foncer vers elle dans un état d'agitation avancé.

— Mais que vous est-il arrivé ? s'enquit-il d'un ton inquiet.

— Comment cela ?

— Vous avez disparu brusquement de la circulation, il y a un quart d'heure ; l'agent est fou d'inquiétude, et moi avec ! Mais à quoi donc jouez-vous ?

Son ton inquiet avait laissé place à une colère noire. Dépitée par son agressivité, Elena tenta de lui expliquer le dilemme auquel elle avait dû faire face pour ne pas dévoiler leur rendez-vous secret. Il éclata alors de rire en marmonnant des bouts de phrases inintelligibles sur la psychologie féminine qu'elle préféra ne pas entendre. En tapant un message bref destiné sans doute à rassurer l'agent de sécurité, il prit enfin un ton plus aimable :

— Votre discrétion est tout à votre honneur, j'aurais dû vous dire que ce lieu est connu des agents que nous… que j'emploie. Je le reconnais et vous présente mes excuses pour mon accès de mauvaise humeur. Vous m'avez fichu une sacrée frousse !

En devançant les prochaines questions qui allaient survenir, il poursuivit :

— Sans pouvoir tout vous expliquer, je veux vous dire ma reconnaissance pour ce que vous avez fait. Je dois avouer que mon premier mouvement a aussi été un moment de colère quand vous nous avez brutalement poussés sur le sol ! Néanmoins, je pense que vous nous avez tout simplement sauvé la vie, à Harry et à moi. La vie est étrange et je ne l'aurais pas cru si quelqu'un m'avait prédit que cela arriverait, continua-t-il, songeur, comme perdu dans ses pensées. Notre agent saura se taire, il est formé pour cela. Par contre, avez-vous pensé que, sans sa protection, une autre personne aurait pu vous suivre et alors, découvrir ce passage entre la Ville et le Tiers ?

En penchant piteusement la tête, Elena se dit que la situation était plus compliquée qu'elle ne le pensait. On en voulait à la vie de ces deux hommes, tout simplement…

— Restez calme, reprit Nathanael, dont la voix ferme la rassurait malgré tout.

Il semblait avoir la situation en main et Elena se sentait prête à lui faire confiance.

— Le pire a été évité, dit-il, nous avons fini par contrôler la situation à la galerie et une piste est suivie par les enquêteurs, qui nous mènera rapidement aux instigateurs de cette tentative. La prochaine fois, vous resterez devant la porte de la Ville sans entrer, appuierez sur le bouton jaune et attendrez mon signal : trois coups brefs, qui vous indiqueront que la voie est libre, au niveau de la Ville, et que vous pouvez ouvrir la porte. Si vous ne recevez pas les trois tocs, rebroussez calmement chemin. D'accord ? dit-il d'une voix plus douce. Allez, venez, cette fois, je vous accompagne jusqu'en bas.

Elle le suivit à nouveau, selon leur protocole, capuchon sur la tête, toujours un peu inquiète. Il fallait reconnaître que cela lui plaisait ainsi. Une personne pouvait être en colère, expliquer sa colère, qu'elle-même la comprenne et soit écoutée en retour et le calme revenait : c'était direct et vrai. Elena avait compris la leçon… Elle se trouva à l'heure dite à l'intérieur de l'escalier à la hauteur du Tiers, munie de son extra lampe de poche infaillible. Nathanael était là et l'attendait calmement, cela suffisait à son bonheur.

— Allez, venez, j'ai quelque chose à vous montrer, se borna-t-il à dire.

Elle le suivit en silence et dans une expectative confiante. Ce fut une descente silencieuse et furtive, sans encombre. En arrivant sur le palier inférieur du Tiers, côté promontoire, le spectacle lui coupa le souffle : un discret petit cube de bois grisé, comme un nichoir de poulailler sur pattes, se tenait derrière le muret à demi effondré et un petit escalier, sûrement amovible, était apposé devant une minuscule porte d'entrée. Le mur avait été discrètement renforcé pour cacher la cabane de la vue d'éventuels promeneurs en barque sur la rivière. Quelques arbustes fraîchement plantés parachevaient la scène. De l'autre côté de la grotte étaient posés un chevalet, des toiles vierges et quelques boîtes devant contenir le matériel de peinture.

— Votre commande, dit-il simplement en désignant de la main droite le matériel de peinture. Vous pourrez peindre ici en sécurité et commencer à préparer le premier vernissage des Roches, pour lequel chaque artiste sélectionné par la Fondation exposera deux de ses toiles : ce sera le lancement de cette aventure artistique !

Un rayon de soleil éclairait le matériel qui semblait impatient de se dévoiler, de se déployer dans cet espace de rêve.

Effectivement, Claire lui avait demandé, en passant, quel était le matériel qui lui serait nécessaire pour la future exposition à la Fondation des Roches. *Chère Claire*, pensa-t-elle, émue. Difficile d'en croire ses yeux, une situation à en rester sans voix.

— Cela vous convient-il ? C'est bien ce que vous désiriez ? dit une voix devenue inquiète, qui la tira de son silence.

La gorge serrée par l'émotion, elle regarda autour d'elle, incrédule, les bras ballants, et se mit à pleurer silencieusement. Mal à l'aise, Nathanael lui tourna aussitôt le dos pour aller vérifier les installations le temps qu'elle se ressaisisse ; les débordements d'émotion lui faisaient perdre toute contenance. À son retour vers elle, au bout d'un certain moment, il la retrouva dans un état émotionnel encore instable ; il sortit un mouchoir d'une poche et le lui tendit, sans dire un mot. Même dans cette situation délicate, Elena se demanda intérieurement pourquoi les hommes avaient toujours un mouchoir sur eux... Sans doute pour se protéger des débordements féminins ? Cela la fit sourire.

— Allons bon, et maintenant, vous souriez ; la psychologie féminine m'échappera toujours ! Et ne me dites pas la raison de ce petit rire, c'est la seconde arme des femmes et je ne suis pas armé ! dit-il avec un sourire gêné.

Elle se remit à rire, de bon cœur cette fois.

— Comme je vous l'ai déjà dit, j'avais une dette envers vous, et de taille. Les agents de police ont réussi un joli coup de filet. Alors, disons que cela représente une contribution collective en reconnaissance de votre aide. Ne vous méprenez pas sur l'innocuité de la situation : le fait que vous ayez participé à faire échouer ces voyous les rend furieux contre vous aussi. Il est donc préférable que vous restiez ici quelques jours, le temps que les remous s'apaisent naturellement. Disons, une petite semaine : l'acceptez-vous ?

Elena sentit que son analyse était pleine de bon sens : elle avait besoin, elle aussi, de retrouver un peu de calme pour tenter de faire le point. Elle acquiesça de la tête en disant :

— Je serais heureuse de passer un moment ici, mais je dois prévenir quelques personnes avec qui j'ai rendez-vous la semaine prochaine, ainsi elles ne s'inquiéteront pas. J'ai l'habitude de vivre seule, de toute façon, et j'aime cela.

— Parfait, je vais vous montrer comment utiliser l'eau de la source, qui est cachée à l'arrière, pour boire et vous laver. Il y a des provisions dans la cabane, un filtre sur le trou d'aération qui éliminera les éventuelles odeurs de cuisson et de bois. Vous devrez fermer toutes les ouvertures le soir venu, ce sera plus sûr et voilera les lumières que vous utiliserez ; c'est important. Je communiquerai avec vous par ce portable spécial qui ne peut être capté par d'autres personnes, lui dit-il en lui tendant l'objet. C'est facile à utiliser, il n'y a que mon numéro : en cas de besoin de pain frais ! fit-il avec un clin d'œil. Un bip si vous désirez me parler, trois bips si danger !

Elle lui communiqua les quelques numéros à joindre pour annoncer son absence ou rassurer. Il ne lui restait plus qu'à s'installer dans ce merveilleux nid avec confiance. Nathanael lui fit un petit signe de la main et repartit en sens inverse.

C'était un plaisir enfantin que de découvrir toutes les astuces de ce perchoir en bois. Effectivement, la fenêtre avait un volet coulissant hermétique et fermable de l'intérieur. Tout y était, en minuscule : le réchaud, quelques tasses et assiettes, bols et couverts, des provisions bien en vue sur l'étagère, un petit lit avec draps et couvertures pliés dessus. C'était comme si, au détour d'un sentier, Boucle d'Or découvrait la maisonnette des trois ours. En ouvrant avec délectation les quelques cartons posés au sol, Elena trouva plusieurs tenues simples, une blouse de peinture, des gants et quelques sous-vêtements. L'ingénieuse Claire avait dû s'enquérir de ses mensurations chez Gladys, la couturière de Veronica, car certaines étiquettes étaient marquées de son magasin. Quelques livres aussi : tiens, ce serait intéressant de découvrir ce qu'il lui avait choisi ! Elle put s'asseoir sur le tapis lirette pour les déchiffrer.

En sécurité, elle était en sécurité, avec quelqu'un ou quelques-uns pour qui elle comptait, elle n'en demandait pas davantage et put commencer ses premières esquisses, assise sur la corniche, face au soleil couchant dont la lumière irisait les parois rocheuses. Pour la future exposition à la Fondation des Roches, elle devait se préparer : un mois ne serait pas de trop.

9

DIALOGUE ET PEINTURE

Trop d'émotions intenses, trop de défis relevés, de crainte de déplaire, de peurs et de doutes avaient émaillé les jours précédents. Mais aussi tellement de découvertes, de succès, de ventes, de défis relevés ; elle avait sauvé la vie de Nathanael, ce qui la dédouanait en partie de tout ce qu'elle lui devait. Ce lieu allait lui permettre de retrouver un calme qui lui était indispensable. Il lui fallait remettre en ordre ses pensées et réfléchir aux derniers événements pour les digérer, les accepter et essayer de les transformer.

L'organisation des lieux, les jours suivants, occupa utilement toute son attention sans qu'elle ait vu le temps passer. Le fait d'être seule n'était pas pesant, au contraire, il lui sembla qu'il s'en dégageait un gain d'énergie.

— Allons bon, il ne manquerait plus que je m'inquiète du fait de vivre harmonieusement ce confinement monacal ; arriver à trouver un nouveau sujet d'inquiétude au milieu de rien ! se disait-elle souvent.

Elle reçut de Nathanael un message l'informant que toutes les personnes inscrites sur le papier avaient été informées de son absence. Un mois seulement pour préparer sa nouvelle exposition ; voilà un nouveau défi, si elle voulait impressionner favorablement Nathanael et ses conseillers ! C'était un défi constructif, car, en lui donnant une limite de temps, elle se sentait stimulée et poussée à aller au-delà de sa zone de confort. *Ton rêve est de peindre et d'être reconnue, alors fonce, donne t'en les moyens* ! Mais une autre petite voix se faisait entendre en sourdine : *Mais en es-tu vraiment capable ?*

Avant de connaître la possibilité d'exposer ses tableaux, ces derniers s'étaient accumulés petit à petit dans sa cave, inutilisés, en la limitant mentalement de peur de créer seulement un mètre cube supplémentaire de toiles entreposées. Maintenant, une porte s'était ouverte en grand, leur permettant de s'envoler ailleurs en liberté. De la place se faisait alors pour de nouvelles créations qui seraient appréciées par d'autres personnes.

Un second message lui parvint au bout de trois jours, la prévenant qu'il allait passer le lendemain pour déjeuner avec elle et l'informant qu'il apporterait un repas chaud préparé et quelques denrées fraîches. En post-scriptum, il demandait : « Avez-vous une nappe ? » Elena se trouvait au pied du mur devant le défi en filigrane : qu'allait-il déduire en voyant ses toiles à peine ébauchées ? Dans un mouvement rageur de protestation contre ses doutes, elle attrapa une grande toile vierge et la fixa énergiquement au mur de la grotte par quelques clous. Elle dessina à grands traits, biffa, esquissa tout au long de la journée en poussant des grognements de frustration : sa rage lui permit de passer outre sa crainte de gâcher de si belles toiles neuves et luxueuses.

En posant du papier kraft sur le sol, celui qui avait servi à emballer les toiles pour les protéger, elle esquissa à grands traits noirs épais des contours de falaises et des calligraphies étranges. Une simple courbe dans l'espace de la feuille prenait un sens qui emportait le regard au-delà des rochers. Le trait noir sur cette couleur beige la faisait voyager très loin. En y adjoignant une touche finale, humble, de blanc, elle comprit que cet ajout opalin agissait comme un projecteur illuminant brusquement une partie du paysage, une scène rêvée, belle et absente. Avec amusement, on pouvait s'emparer de tous ces espaces beiges, jouer en rétablissant la vie et la fragilité, le doute d'une couleur, timidement, en s'accrochant à la force du trait.

Une question surgit quand certains traits laissèrent deviner d'autres motifs : le peu de couleurs faisait ressortir des silhouettes humaines surgies par hasard, comme cachées dans la trame du dessin. Ces formes étaient-elles là pour dévoiler une vraie présence, imprégnée dans la roche, ou bien projetait-elle simplement ses perceptions sur une matière informelle ? Et finalement, que se révélait-il d'elle-même dans ces traits ? Une capacité de voir à travers, de sentir différemment ? De pouvoir faire passer ces questions à travers la toile l'enchantait. Elle ne faisait finalement que transmettre un murmure de la Terre, un frémissement de la roche, comme un passeur d'émotions. Cette conception de la peinture la passionnait, pouvoir dire, tout simplement : « Voilà ce que j'ai cru voir et entendre sur

Terre, c'est ma vision, ni meilleure, ni pire, elle est personnelle. »

Lorsque la provision de papier kraft fut tout utilisée, elle décida de couvrir les toiles de ce beige précis qui lui servirait de fond. Ce beige étant difficile à reproduire, elle y inclut un peu de la terre brune du sol de la grotte, après l'avoir bien tamisée. C'était aussi un labeur frustrant, tellement frustrant quand elle ne parvenait pas à retranscrire ce qu'elle voulait mettre dans cette peinture ; elle geignait à mi-voix, s'acharnait rageusement dans ce qui devenait un combat sans pitié. Être totalement dans ce mouvement, comme sautant d'une branche à une autre en croyant sentir son corps tomber et perdre l'équilibre, essayer de se rattraper en crochant dans une autre forme inachevée, s'y agripper avec frénésie… ce fut dans cet état-là que Nathanael la trouva, un paquet de courses dans chaque bras. Était-il là depuis un moment ? Elle ne l'avait pas entendu descendre, mais l'odeur de viande chaude qui se dégageait du paquet lui fit oublier ses questions : son estomac grognant de plaisir lui fit comprendre qu'elle avait une faim de loup !

— Eh bien, pas de couvert mis, ni bougie, ni fleurs : suis-je vraiment attendu ? plaisanta-t-il en ouvrant ses sacs.

C'était bien la première fois qu'une femme l'attendant à déjeuner le recevait ainsi ! Cette pensée le fit discrètement sourire, il se sentait curieusement davantage libre ainsi.

Confuse, elle regarda ses mains couvertes de couleurs, sa blouse tachée et sa chevelure échevelée :

— Je suis désolée, je n'ai pas vu le temps passer, et pourtant j'étais très heureuse de votre invitation chez moi !

Il rit doucement :

— Allez, je suis persuadé que vous avez très faim à la façon dont vous fixez mon sac, donc : à table et à la fortune du pot ! Ensuite, j'aimerais beaucoup voir vos peintures, d'ici, ça a l'air magnifique !

Le repas fut simple et cordial, un drap fut posé sur le sol lisse de la corniche, face à la rivière : la vue était imprenable et seul le gargouillis chantant de la rivière ponctuait leurs paroles. Elena avait perdu toute sa timidité, car il parlait peu, riait souvent et la questionnait sans y mettre trop de pression. De toute façon, elle était comme une lionne affamée, trop occupée à dévorer sa proie qui avait, en l'occurrence, une sympathique allure de gros poulet fumant. Quand elle fut enfin rassasiée, il y avait une pile d'os rongés sur son assiette qui lui rappela qu'elle manquait vraiment de savoir-vivre.

— Cela fait longtemps que je n'ai pas partagé aussi agréablement un si bon repas, dit-elle, un peu contrite, en regardant son assiette emplie d'os rongés.

— Et moi, je vous remercie pour votre compagnie, dit-il en levant son verre.

Un repas, un vrai repas, vécu dans une faim réelle, pourvu de vin, de paroles légères et de rires ; vraiment, cela avait été un beau moment. Cela lui fit penser à cet enfant, qui, lorsqu'elle lui avait demandé quel tableau il aimerait qu'elle lui peigne pour sa chambre, avait répondu : « Je veux un tableau avec des frites et un poulet ! » Elle lui raconta cette anecdote en souriant et ils rirent ensemble. La vie pouvait donc être simple.

Puis ils se levèrent de table pour aller vers les peintures avant que l'obscurité ne gagne le promontoire. Pas une fois, les questions de sécurité et de prudence n'avaient été abordées et Elena lui en fut reconnaissante. Cette part de lui l'effrayait un peu. C'était, pour elle, un besoin instinctif que de se reconstruire une base rassurante et il avait dû le ressentir. Avec un peu d'appréhension, elle lui montra successivement et chronologiquement son parcours. Il semblait intéressé et appréciateur de son travail sans trop parler ; alors elle put développer ses questionnements et ses frustrations, simplement, sans même réaliser qu'elle livrait d'elle-même ce qu'elle gardait intérieurement par peur du jugement de l'autre. En constatant que la frustration ressentie était finalement nécessaire pour aller plus loin, elle regarda d'un autre œil ses toiles posées au sol, changeant son point de vue sur elles et nota les améliorations à apporter à certaines.

La présence calme de Nathanael, sans jugement, l'aidait à avancer dans son travail. Ses commentaires bienveillants, surtout, ne la forçaient pas à rentrer la tête dans sa coquille. C'était des questions techniques ou bien des questions sur ce qu'il apercevait dans la roche. Ses propres visions de formes humaines dans les falaises n'étaient pas les formes qu'elle-même avait décelées auparavant : c'en était d'autres, toutes aussi plausibles. Étonnée et satisfaite de cela, elle comprit que le message reçu était différent pour chaque observateur ; il restait une liberté de perception spécifique à chacun. Nathanael, lui-même, fut étonné de sembler comprendre le travail d'Elena ; il se pensait homme d'action rompu aux contrats commerciaux et voilà qu'il échangeait sur l'art, jusqu'ici méconnu de lui ! En saisissant une toile peinte sur du papier kraft, il lui dit :

— Puis-je emporter celle-ci ? Je vous promets de ne pas l'abîmer, mais j'aimerais faire quelques tests d'encadrement dans notre futur lieu d'exposition. Comme ça, nous pourrons vous proposer plus tard plusieurs suggestions d'encadrement parmi lesquelles faire votre choix.

Il lui avait expliqué qu'après avoir fait connaître leurs protégés dans une grande exposition commune dans les nouveaux locaux, le premier à inaugurer, seul, cette nouvelle grande salle d'art serait un artiste aborigène, qu'Harry était allé lui-même chercher en Australie, dans un voyage pour dénicher le meilleur artiste à promouvoir. Ce serait son tour, à elle, un mois plus tard. *Donc, dans deux mois*, calcula-t-elle rapidement dans sa tête.

Pourquoi, et comment la vie, un jour, avait-elle été compliquée ? Chaque situation et chaque acte semblaient couler de source, de la source d'une rivière comme celle qui serpentait au bas de la falaise, simplement, dans l'évidence d'être. Elena opina de la tête silencieusement, la nuit était maintenant tombée, puisque le jour finissait…

— Vous savez, je ne connais rien à l'art, enfin, jusqu'à ces derniers jours, je n'y comprenais pas grand-chose, je dois l'avouer. Alors, mon avis a peu de valeur. Je peux simplement dire que vos peintures me font voyager en moi, comme une musique ou comme un bon vin. Pouvez-vous comprendre cela ?

C'était un compliment sensible et implicite, et Elena hocha la tête, reconnaissante, les yeux brillant de contentement.

— J'aimerais que cela soit ainsi, et seulement ainsi, pour chaque personne regardant un de mes tableaux, cela me serait amplement suffisant !

Peut-être, pensa-t-elle tout bas, *leur donner aussi un sentiment de liberté, ce sentiment qu'elle pouvait enfin ressentir depuis qu'elle connaissait ce lieu.*

La discussion prenait un tour si personnel qu'il fit un pas en arrière, de protection sans doute. S'il ne l'avait pas fait, Elena pensa que ce serait elle qui l'aurait fait. D'un commun accord tacite, ils décidèrent de mettre fin à cet épisode plein d'émotion. Elle le remercia de sa visite nourricière et de sa compagnie. Il s'inclina galamment et lui proposa de revenir la semaine prochaine avec… deux poulets, cette fois ! Clignement d'œil et il était déjà loin.

Revinrent les chants entrelacés de la rivière et du hibou : le soir chantait. Une vie simple. Leur façon de communiquer était étrangement simple, elle aussi. Elle se reprit en se rappelant que cela n'appelait pas autre chose de plus compliqué. Compter pour quelqu'un était encore bien autre chose et s'il comptait pour elle, c'est parce qu'il lui avait permis de passer une porte capitale en lui révélant comment revenir ici, avec toutes les manigances nécessaires autour pour y parvenir : un énorme cadeau, certes. Il prenait soin d'elle puisqu'il était tenu de le faire, pour qu'elle ne devienne pas un danger pour lui, encore que, malgré tout, elle avait mis deux fois déjà son entreprise en danger… En débarquant de façon imprévisible dans ce lieu devant rester invisible aux autres, en bousculant de façon physique la mise en scène élaborée avec soin pour ce vernissage aux Lilas pour qu'il puisse intervenir dans sa vie sans éveiller soupçons et intérêt, et même en semant son pisteur et donnant une chance à un autre épieur la possibilité de découvrir la porte d'entrée de la Ville.

En fin de compte, Nathanael s'était montré généreux face à ses maladresses. En les projetant au sol pour les protéger, utilement ou non, en orientant la police sur leur éventuel port d'armes, elle avait déplacé un gros, très gros projecteur sur eux. Il fallait maintenant redevenir une petite souris discrète, fidèle à l'image que les autres se faisaient d'elle jusqu'à présent. *Miss catastrophe*… Une souris grise devenue verte de peur et, avec un peu de chance, qui serait suivie un bon bout de temps. L'enfer était vraiment pavé de bonnes intentions. Elle avait beau essayer de visualiser l'avenir proche pour tenter de le canaliser un tantinet, la réalité outrepassait ses droits en projetant un scénario au-delà de ce que son imagination fertile pouvait imaginer ; pourtant, elle n'était pas en reste, question imagination !…

Alors, peut-être même la détestait-il, en cherchant un moyen de se délester d'elle à la moindre occasion ; elle devait bien se l'avouer, elle l'aurait bien mérité. Cette fois-ci, il serait difficile de jouer la victime du sort. Bon, il aurait pu la menacer pour qu'elle ne parle jamais de ce lieu, lui faire Dieu sait quel chantage, comme dans les romans policiers – il se disait à voix basse que cela existait aussi dans la vie réelle des services secrets. Mais non, il lui avait donné les moyens de s'ouvrir enfin au monde et de réaliser un de ses rêves ; cela, il aurait pu le faire aussi de loin, chichement, en se faisant valoir. Cet homme comptait pour elle, comme une personne qui lui avait donné les moyens de séjourner là où elle se sentait en harmonie, en résonnance enfin avec ce qu'elle ressentait intérieurement.

Le problème était qu'il était aussi un homme et qu'elle se sentait seule sur ce plan-là, seule et emplie d'attentes : il fallait absolument garder une distance pour qu'un imbroglio émotionnel ne vienne pas faire disparaître son promontoire. En règle générale, pour elle, l'homme était une race dangereuse, une race de chasseurs de mentalité archaïque, pour lesquels la proie au sol n'avait plus de valeur. Et pour parvenir à ses fins, mensonge, tromperie, brutalité étaient des armes légales et justifiées. Non merci, elle avait décidé de se tenir à l'écart de ces jeux enfantins et cruels.

D'ailleurs, le monde semblait créé pour eux, et seulement eux, les hommes. Le pire était que les femmes, en général, se conformaient à cet ordre des choses. Elles y participaient en séduisant, en entrant en compétition entre elles, elles acceptaient ce marché de dupes datant d'Adam et d'Ève et l'entretenaient, comme pour qu'il se reproduise inlassablement. Elle était vraiment à part de ce monde-là et ne voulait définitivement plus y participer. L'échec de ses tentatives de réaliser ses rêves de couple adulte s'était soldé par tant de tristesse qu'il avait laissé une plaie encore ouverte. Pourtant, elle voyait encore parfois en eux une étincelle de beauté, qui pouvait émettre à une si belle fréquence que cela résonnait en elle, comme si elle n'attendait que ce signal. À nouveau, elle s'emballait, s'engouffrait dans une brèche de possible qui lui faisait alors apercevoir un gouffre de lâchetés et de mensonges. Au fond d'elle-même, son âme pleurait devant le souvenir de ce qui aurait pu être une rencontre simple et lumineuse, un tremblement de tout son être avançant enfin sur son chemin de vie. D'où venait ce sentiment auquel elle aspirait, elle aurait été bien incapable de le dire ; une mémoire, un programme inabouti ou un mystère que rien ne pouvait effacer. Peut-être une imprégnation en elle de souvenir de contes de fées de l'enfance ? Si cela existait dans les livres, cela venait bien de quelque chose existant, encore que fées et ogres, dans la vraie vie, elle n'en avait jamais rencontré.

Détestant le cours que ses pensées prenaient, Elena se secoua intérieurement et rangea les ustensiles et restes de pique-nique, souriant à nouveau au souvenir rassasiant de ce bon moment.

10

ARGINA

Un mois s'était écoulé, rythmé par des séjours au Promontoire et par la paix qui s'installait en elle. La perspective d'assister à l'ouverture de la Fondation des Roches l'effrayait, tempérée par l'impatience de découvrir le travail d'Argina, cette autochtone aborigène qu'Harry, le conseiller artistique de la Fondation et l'ami de Nathanael, avait découverte. Elle n'avait qu'entraperçu Harry depuis leur rencontre mouvementée à la galerie des Lilas. Pourtant, ils avaient partagé des moments très intenses et elle se demandait pourquoi il n'en avait pas reparlé avec elle plus tard.

Nathanael avait décidé d'inaugurer la salle d'exposition en montrant une toile de chaque artiste sélectionné par la Fondation. Comment aurait-on pu mieux débuter cette initiative que par son ouverture avec ce qui était l'âme de l'art ? L'abord multiculturel d'une émotion qui traversait le monde en lui donnant un sens intime. Elle devrait donc s'y rendre, une de ses toiles serait également exposée.

Elle parvint donc à surmonter sa frayeur à l'idée de la rencontre avec une artiste si particulière. La salle avait été entièrement rénovée et supportait brillamment la comparaison avec les plus belles galeries. Elena en ressentit de la fierté pour son trio préféré. Elle s'était contentée de remettre sa tenue « vernissage » qui lui avait été bien utile pour le vernissage chez Veronica ; il avait seulement fallu trouver une autre écharpe, la première étant devenue de la charpie !

Argina, car ce devait être elle, se tenait un peu à l'écart des groupes affairés à échanger des informations datant des derniers jours mondains de chacun. Elena alla directement vers elle, ignorant quelques regards curieux, et s'inclina devant elle :

— Je suis si heureuse de faire votre connaissance, bienvenue dans cette Fondation !

Argina se tenait silencieuse devant elle et Elena entrevit, tel un mirage, des images de rochers, d'arbres secs dans le désert et de soleil rasant le sable. Quand l'aborigène releva la tête, elle lui sourit lentement, son interprète attendant patiemment ses paroles.

— Je dois faire quelque chose pour toi, l'acceptes-tu ? dit Argina en plongeant ses yeux dans ceux d'Elena.

Celle-ci crut voir un héron ouvrir lentement ses ailes pour se poser sur ses cils, il l'approchait en disant : « Oh, bonjour, mon aimée, quel est ton secret, aujourd'hui ? » Elena ferma les yeux dans un soupir de bien-être et l'accueillit en silence. Puis, rouvrant les yeux, elle rendit à Argina son sourire : elle était petite, des joues rondes comme celles des enfants dont la joie déborde de leur regard. Elle entendit encore, mais n'était-elle pas en train de fabuler, tout simplement ?

— Merveille de mon cœur, tu es ma sœur, ici et toujours.

— Mais oui, je suis là, ne put-elle que répondre à mi-voix.

Argina se mit à genoux et lui fit signe du doigt de faire de même. Sans vraiment réfléchir, Elena la suivit des yeux, en confiance, puis s'agenouilla devant elle, sereine. Elle sentait autour d'elle un cercle de personnes debout qui se formait autour d'elles, curieux et désœuvrés. Mais c'était plus fort qu'elle, c'était si, trop important, qu'elle préféra ne pas risquer un œil vers Nathanael, garant de la bonne tenue de ce groupe rassemblé. Allait-elle donc continuer à ruiner et saborder ce qu'il lui offrait généreusement ? Argina, agenouillée devant elle, posa ses deux mains sur sa tête, face à elle, et Elena dut un peu s'incliner pour qu'elle soit à sa hauteur. Au contact de ses mains chaudes sur son crâne, Elena plongea dans la sensation curieuse d'être à nouveau vivante, elle put oublier cette comédie cruelle, les volontés assassines ou, pire encore, indifférentes de façon calculée, dans l'intention de blesser ou de détruire. Elle se coula dans le courant de la vie, tumultueux et chantant, vivant chaque seconde comme un geste d'amour. Elle ne sentait que le frémissement de l'eau de la rivière et elle adora se plonger dans cette sensation, en perdant complètement conscience de ce qui l'entourait : la vie revenait en elle telle une chanson sans fin tandis que la joie submergeait son cœur. Enfin retrouver la sensation d'un présent fourmillant de richesses !

Argina retira ses mains en marmonnant quelques mots inconnus tandis qu'elle ouvrait ses yeux sur une assistance amusée. Son regard se posa sur Nathanael, face à elles, qui se tenait figé, prêt à bondir, tout en la fixant intensément : s'était-il inquiété pour elle, négligeant le facteur social de son inconduite ? En le voyant si inquiet, elle lui offrit, émerveillée, un sourire aussi léger qu'un pétale volant au vent qui fit se voiler le sien jusqu'à ce qu'un sourire apparaisse à son tour sur ses lèvres. Il put alors reprendre son rôle d'organisateur mondain et annoncer une surprise collective pour détourner l'attention du public de leur exhibition. Il expliqua au groupe qu'il existait des rituels de salutations aborigènes, semblables à celui-ci, quand deux peintres se rencontraient pour une première fois : pieux mensonge, mais il avait sauvé la face, cher Nathanael ! Il avait voulu montrer ce phénomène aux participants à l'exposition encore un peu perplexes.

Ouf, elle allait de nouveau pouvoir affronter les regards curieux, car il la soutenait une fois de plus. Le temps qu'il échange quelques conversations amusées et distinguées, il ne vit pas venir la suite. Elena proposa ses mains à Argina qui acquiesça en silence, en baissant la tête à son tour, dans l'attente que son amie pose ses mains sur sa tête à elle. Elle était devenue sa sœur d'âme et elle lui faisait confiance ; cet échange était une coutume usuelle chez elle. C'était si enthousiasmant de pouvoir communiquer avec ses perceptions, en passant au-delà de la barrière des mots, de ressentir les sensations corporelles d'Argina. Saisir que ce qu'elle avait travaillé si longtemps, pour avoir ce ressenti au bout des doigts, pouvait être utile à une sœur qui avait probablement les mêmes outils qu'elle, avec l'idée que cela avait dû être mieux préservé d'influences extérieures et donc plus pur.

Elena avait la sensation de voler en hurlant de plaisir et se mit à ronronner, elle aussi, pour masquer d'autres sons qui auraient pu être gênants publiquement. Elle reprit le contrôle pour se concentrer sur ce qu'elle pouvait apporter à sa nouvelle amie, s'enracina fortement avant de l'approcher manuellement et de lui demander ce dont elle avait besoin. Argina eut alors une brève secousse, comme si elle venait d'entendre un son inattendu, rouvrit les yeux rapidement en murmurant quelques mots et se reconcentra sur ses perceptions intérieures. Elena découvrit une émotion qui demandait à être nettoyée, suffisamment légère pour que la séance ne soit pas trop longue.

La séquence se termina rapidement ; Elena remercia ses guides pour leur accompagnement et refit un check pour s'assurer que le travail était bien terminé. Elles ouvrirent simultanément les yeux, partagèrent un moment de silence recueilli, puis se redressèrent comme si de rien n'était. D'un commun accord tacite, elles se séparèrent en restant distantes, pour ne pas effrayer davantage l'assistance. Nathanael, cette fois, eut du mal à cacher son étonnement et, les bras ballants, en resta sans voix. Elena se rapprocha de lui doucement pour lui saisir le bras et lui chuchoter le plus banalement possible :

— Merci pour ce moment qui a été magique, merci infiniment. J'espère sincèrement ne pas avoir perturbé ce vernissage qui est d'une qualité rare.

— Nous en reparlerons plus tard, je suppose qu'il est inutile de vous demander de rester discrète, dit-il en se détournant pour aller vers une Argina resplendissante, comme pour la protéger.

Il avait compris son sentiment d'insécurité et Elena lui en fut profondément reconnaissante. Elle chercha du regard dans les invités ce qui aurait pu la déstabiliser. La foule s'était à nouveau dispersée, portée vers de nouveaux centres d'intérêt, comme si ce qui venait de se produire n'était qu'une exhibition prévue de longue date pour promouvoir la culture aborigène.

Un ami de Nathanael, Joshua, vint à son secours, la prenant à son tour par le bras et lui chuchota que tout allait bien et qu'un notable désirait parler à l'auteur de la peinture qui l'intéressait. Cet homme allait l'aider, la vie continuait et elle éprouva de la gratitude envers lui. Il fallait surmonter sa difficulté à échanger sur sa propre peinture. L'idée lui vint de demander à Argina comment elle percevait la toile sur les falaises blanches, qui avait été choisie par la Fondation pour inaugurer la salle toute neuve. Elle l'aiderait, elle-même, à trouver une place dans ce brouhaha mondain qui la tétanisait dans un sentiment de malaise croissant, incapable qu'elle était de tenir une conversation, même minimale, dans ce contexte qui lui échappait totalement. Dire qu'elle avait voulu changer de pays pour trouver le calme… elle aurait pu en rire.

Un couple élégant se dirigea vers elle. Oui, c'était bien vers elle et Elena tenta de plaquer sur son visage le sourire d'une artiste consciente de sa propre valeur et heureuse de partager son art avec une élite digne de lui.

— Ma chère, c'est absolument ravissant ! Quelle maîtrise dans les traits pour dépeindre ces roches ! Il est de notoriété publique que c'est un défi de peintre, je vous félicite !

Ses ongles rouge éclatant, parfaitement manucurés, s'envolaient dans l'espace pour décrire ses émotions, peut-être était-ce tout simplement pour les mettre en valeur. Son compagnon assistait à l'échange tout en gardant une attitude distante, semblant à des lieues de ce monde dit artistique.

— Je vous remercie, cela me touche vraiment, tenta d'articuler Elena qui se demandait bien quoi répondre à une telle assertion vide de sens.

— Voyez-vous, j'y aurais peint un ou deux personnages, pour rendre la scène plus vivante, ne croyez-vous pas ?

Elena tenta de se représenter cette femme à la parole volubile, aussi insaisissable qu'une volute de fumée, debout face aux roches blanches, regardant ses ongles manucurés pour se rassurer du silence environnant et cherchant la porte de sortie avec angoisse. Et elle eut beaucoup de mal à réprimer le fou rire qui menaçait.

— C'est une idée intéressante, effectivement, je vais me pencher sur la question, ne put-elle que proférer avant que le couple ne s'éloigne à nouveau, à la recherche d'un nouveau bon mot à placer.

Comment aurait-elle pu trouver les mots pour expliquer que l'homme, parfois, devait s'effacer devant la splendeur du message de la nature, juste contempler en silence un miracle de proportions qui le dépassait, aussi important soit-il ? Tous, dans la salle, devaient s'être aperçus de son incapacité à s'exprimer ; l'intelligence sociale était tellement affinée dans ces milieux-là, dits distingués ! Elle n'y avait pas sa place et se sentait vidée, intérieurement, de toute saveur. Pas la même cour de récréation : d'ailleurs, même dans sa propre cour de récréation, elle s'était toujours sentie à part, ne sachant que faire de ses deux bras, n'y trouvant pas sa place.

Elle avait besoin d'inspirer un peu d'air pur et pour cela, il suffisait d'aller trouver Argina et de lui demander de venir voir avec elle sa peinture. Elle prit une grande inspiration et alla vers Argina pour la tirer par le bras vers sa propre peinture, comme elle aurait agrippé une bouée de sauvetage dans une mer houleuse. Argina comprit sa demande et la suivit impatiemment vers la toile. Elle regarda longtemps les falaises, la toucha, la contourna pour inspecter ce que les variations de reflets donnaient à voir différemment, les changements de jeux de lumière. En silence et avec beaucoup de respect. Elena aimait la voir tourner autour, intériorisée et très sérieusement. Quand Argina eut fini son étude, elle appela Mutray, le traducteur, d'un geste de la main et celui-ci vint, boudeur, pour traduire ce qu'elle avait à dire à Elena :

— Je vois une de nos montagnes sacrées et l'énergie qui s'en dégage me rappelle ce que je ressens lorsque je suis là-bas à les contempler. C'est une peinture qui parle, même si elle n'indique pas le chemin pour y aller, ni la danse qu'elle inspire.

Dans la culture aborigène – Elena s'était un peu documentée sur le sujet –, la peinture pouvait indiquer les chemins à suivre pour arriver à un point précis, comme une carte géographique traduite par des couleurs symboliques de l'eau et de la pierre. Certaines peintures traçaient des pas de danse qui suivaient une structure et une organisation cultuelles.

— Peut-être que le chemin pour arriver à ces roches est secret ? continua-t-elle en regardant intensément Elena.

Celle-ci ne put que dire oui silencieusement de la tête. Elle était définitivement son amie. Ils vivaient en clan, partageaient leurs rêves le matin et cela devait être difficile pour elle d'imaginer qu'ici ne se faisaient pas les mêmes partages. Elena ne put que hocher la tête, tellement ses paroles l'avaient touchée.

— Et qu'as-tu vu dans ma peinture ? lui demanda-t-elle, soudain intéressée.

Le traducteur s'ennuyait ostensiblement de leurs échanges artistiques et philosophiques. Le temps du rêve, concept aborigène, était pour elle une idée floue. Argina pourrait peut-être lui expliquer plus précisément ce que cela signifiait. Elle aimait ces mots : temps du rêve. Argina prit un temps de réflexion, regarda le traducteur, dubitative, puis prit une grande inspiration pour lui répondre enfin :

— Chaque événement, même très ancien, laisse une trace sur Terre. Des êtres magiques par leurs actions l'ont façonnée. Certains lieux, certaines formations naturelles ont un lien avec l'origine de leur création, dans le temps du rêve, c'est-à-dire les temps anciens avant la création du monde. Certains rochers, par exemple, ont un pouvoir de « rêve » et en eux réside le sacré. Ces roches que tu peins, contiennent de ce sacré, mais y accéder semble difficile dans ta peinture, continua Argina, songeuse. Des entités « hommes éclairs » ont jailli du « serpent arc-en-ciel » pour ensemencer la Terre et y créer plantes et animaux. Puis ils se sont réfugiés sous les grosses masses rocheuses, profondément, des roches devenues sacrées. Elles y sont en sommeil, jusqu'à ce que leur retour soit possible. Ces entités sont capables d'utiliser la télépathie pour diriger les pensées et les actes de leurs créatures.

Sidérée par ces explications données simplement, mais si porteuses de mystère et d'un début d'explication à ce qui la liait à ces falaises, Elena devint silencieuse, repensant à tous ces messages d'un peuple vieux de soixante mille ans. Argina, de son côté, se tut, consciente qu'elle ne pouvait davantage en dire sur ce qu'elle voyait. Son art pictural devait rester en partie protégé pour préserver leur culture : elle-même avait atteint un niveau de connaissances élevé, à la suite d'initiations successives, pour avoir le droit de créer une peinture destinée à un plus large public.

En discutant encore un peu avec Argina, Elena la sentit perdue, comme incapable de comprendre ce qui se passait et ce qui suivrait cette exposition. L'aide de Claire devenait vraiment nécessaire ; celle-ci dut le sentir, car elle parvint jusqu'à elles en souriant. Elena lui fit part de ses observations ; Claire écouta avec attention les problèmes soulevés pour repartir au bout d'un moment, en promettant de soumettre ces questions à Nathanael dès qu'elle trouverait un moment pour lui en parler. Nathanael semblait évoluer parmi les groupes avec l'aisance d'un poisson retrouvant son élément naturel aquatique ; quel chanceux !

Lorsque Claire fut de retour, une explication plus précise put être donnée : le plan prévu était d'amener Argina et son traducteur dans une maison isolée, pour qu'elle se sente effectivement moins déboussolée, dès le lendemain en fin d'après-midi. Claire se tourna alors vers Elena pour lui demander si elle accepterait de les accompagner avant le départ, Argina, Mutray et elle, pour les conseiller techniquement chez le marchand de peinture Albert, afin de s'assurer qu'Argina avait tout le matériel nécessaire pour réaliser ses toiles. Il semblait que la jeune Australienne n'était arrivée chez eux qu'avec une petite valise.

— Nous aurions dû lui dire d'acheter ses matières premières en Australie, mais Harry a cru comprendre que cela ne serait pas fait correctement sur place, il n'a pas pu en dire davantage. Nous irons aussi lui trouver des vêtements chauds, le temps est beaucoup moins clément par chez nous, finit-elle en souriant. Nous devrons aussi questionner Mutray pour savoir quels aliments précisément elle aimerait amener pour qu'elle ne se sente pas trop dépaysée. Nous luncherons ensemble le matin, à la suite de la réunion que la Fondation compte organiser. À ce propos, Nathanael vous demande de bien vouloir y assister, elle aura lieu à neuf heures, puis, après le lunch, nous pourrons allons faire tous ces achats. Nathanael veut que la voiture parte au plus tard à vingt et une heures.

— Bien volontiers, répondit Elena en souriant.

S'ensuivit une explication musclée sur l'organisation de la journée du lendemain avec Mutray, plus respectueux envers la direction qu'envers Argina ou Elena – histoire de pouvoir, sans doute ! Puis Claire les laissa, ayant fort à faire pour le bon déroulement de la soirée, qui semblait être une belle réussite à en croire les mines réjouies des participants. Ce fut au tour d'Elena de transcrire à Argina ce qui avait été convenu avec Claire :

— Préparez vos valises dès demain matin, car vous repartirez à la campagne dès les courses finies. Pensez bien ce soir à tout le matériel dont vous aurez besoin, nourriture, vêtements, peinture. Faites une liste précise avec elle, dit fermement Elena en s'adressant au traducteur, cela facilitera le travail pour demain.

Argina lui saisit discrètement la main en signe de reconnaissance : elle se sentait enfin rassurée.

Elles partirent toutes deux faire le tour des tableaux exposés, car elles n'en avaient pas encore eu le temps. En général, le choix des artistes se révélait judicieux ; certains avaient une facture classique, propre à plaire à tout un chacun, certaines étaient puissantes et originales, les autres étaient volontairement provocatrices. Cela créait un mélange qui reflétait bien les courants actuels de la peinture. En tout cas, ces artistes tenaient la route, haut la main. *Bons choix*, se dit Elena, rassurée par cette démonstration professionnelle de savoir-faire galeriste. Communiquer leurs impressions respectives par des gestes sans paroles fut un magnifique moment de partage.

Nathanael vint plus tard à ses côtés. Calme, il lui demanda ce qu'elle avait appris d'Argina, car la communication par le biais de son interprète était confuse. Il devait les amener dans les jours suivants à la campagne, dans une maison qui les hébergerait et qui abritait un atelier où Argina aurait un mois entier avant d'exposer sa première production.

— Elle se sent en insécurité, répondit-elle, je ne suis pas sûre qu'elle ait compris qu'elle avait l'autorisation de poser des questions. Voulez-vous que je retourne vers elle pour lui demander davantage ? Pour ma part, j'aimerais beaucoup l'assister, l'aider à collecter les pigments et les toiles dont elle aurait besoin. Il faudra faire quelques achats pour compléter ce qu'elle n'a pas pu apporter. Je n'ai pas eu le temps de discuter sérieusement avec Harry, peut-être le sait-il, lui ?

Nathanael devint froid et éluda sa question :

— Il est visiblement très occupé et peu bavard sur ce qui s'est passé là-bas.

Il se tut un moment, pensif.

Les coupes de champagne faisaient un ballet horizontal autour d'eux, scintillant dans la lumière : cela devenait un jeu de les observer dans leur mouvement, accompagnant le grelot de rires voisins.

— Je vous remercie pour votre proposition, vraiment, reprit Nathanael qui suivit un moment avec elle les jeux de lumière. Venez me dire, en fin de soirée, quelle organisation vous suggérez.

Soulagée de se sentir enfin utile, Elena repartit vers le groupe amassé devant la toile aborigène. Argina était en retrait, absente, mais ses yeux s'éclairèrent à la vue d'Elena qui se rapprochait d'elle. Elle aurait dû revenir plus tôt vers elle. Pourquoi attendait-elle toujours que l'autre vienne à elle ? Quel égoïsme !... Elle se tint près d'elle et lui parla doucement :

— Tu vas partir *(Elena fit le geste d'un oiseau s'envolant)* dans une maison pour peindre ?

Argina gloussait, elle comprenait sa question ! Ne voyant pas son traducteur à ses côtés, Elena partit le chercher ; il était en pleine discussion avec Harry et elle dut lui demander un peu sèchement ses services. La distance qu'il affichait en la suivant finit de la mécontenter tout à fait, mais autant ne pas le montrer. Sur sa demande de traduire ses propositions d'assistance à Argina, il sembla scandalisé, sans qu'elle comprenne pourquoi, mais la vue d'Argina sautillant de joie en frappant des mains lui fit comprendre que ses suppositions étaient justes.

— Je viendrai – comment dis-tu « je viens » en aborigène ?

Il allait falloir qu'elle commence à apprendre son langage, car le traducteur semblait réticent à tout traduire.

— Je viendrai demain à neuf heures pour faire le point sur les affaires dont tu vas avoir besoin.

— Quelles affaires ? demanda Argina, intriguée.

— Des vêtements chauds, tes pigments et couleurs, tes pinceaux, par exemple…

— Je n'ai que mes terres et un pyjama, répondit Argina, dépitée. Pas de pulls, de manteau, de chaussures, pas de toiles. Presque rien, continua-t-elle, désemparée, en regardant ses mains vides.

Elena attendit un peu que la soirée soit sur le point de se terminer et alla vers Nathanael pour lui faire part de la situation et du mur qu'instaurait entre elles le traducteur peu coopératif. Il décida rapidement de la suite.

— Très bien, je mets à votre disposition dès demain Claire et un chauffeur qui vous accompagnera dans vos courses, Argina et vous. Ce sera moins fatigant, car la journée risque d'être longue. Je regrette de ne pas avoir pris suffisamment de temps pour parler avec Argina. Il faudra acheter de grandes toiles, dix pièces de deux mètres sur quatre, quelques gros pinceaux et vous serez responsable des achats de vêtements dont elle aura vraiment besoin. Pensez aussi à une robe classique pour son prochain vernissage. Merci encore de votre aide, décidément, vous êtes imprévisible !

Refusant de se demander si cela voulait être un compliment ou une critique, elle l'interrogea :

— Mais quelle est la fourchette de prix que vous voulez mettre pour cela ?

— Ne vous en faites pas, elle pourra payer ses affaires sans s'inquiéter du prix avec la vente de ses prochaines toiles : d'ailleurs, elle a déjà vendu la toile qu'elle a exposée aujourd'hui. Rien que celle-ci paiera largement ses achats. Vous aussi avez vendu votre première toile de la Fondation, lui fit-il avec un gentil clin d'œil, toutes mes félicitations ! Vous partirez avec elle, si vous êtes toujours d'accord bien sûr, dans deux jours, pour l'aider à se faire à cette nouvelle vie : il y a assez de place pour que vous ayez votre propre chambre. Il me semble que ce serait la meilleure solution pour votre sécurité.

Le lendemain matin, Elena revint donc aux bureaux de Nathanael à l'heure dite : une réceptionniste lui annonça, à l'énoncé de son nom, qu'elle était attendue. Elle la conduisit par ascenseur à un bureau où elle la laissa entrer, après avoir discrètement toqué à la porte pour signaler sa présence. La porte se referma en douceur et elle vit un Nathanael souriant venir vers elle pour lui serrer la main :

— Bienvenue dans mon antre ! Il fallait absolument que nous parlions avant le début de la réunion qui aura lieu dans une demi-heure.

En évoquant la réunion, il avait repris un ton impassible qui convenait mieux à celui qui avait l'usage d'un tel bureau, sobre, froid et luxueux. Il lui fit signe de s'asseoir et prit place lui-même sur le siège qui lui faisait face.

— Bien, dit-il, pour commencer, je voulais vous dire que vous m'avez estomaqué hier. Surpris et estomaqué, en bien ! continua-t-il rapidement en voyant son regard noircir. Vous avez pris en main le bien-être d'Argina en réussissant à lui inspirer confiance. Je dois dire que leur arrivée a été plus que froide. J'en veux d'ailleurs un peu à Harry d'avoir choisi un tel interprète et je vais prendre des mesures concrètes pour vous protéger toutes les deux des mauvaises surprises.

Il appuya sur un bouton qui émit un bref flash.

— La pièce est maintenant insonorisée, cela pourrait être pratique ! Voyez-vous, la situation se révèle plus compliquée qu'elle ne le paraissait au début. Il semblerait qu'il y ait plusieurs groupes impliqués dans ce mystérieux attentat des Lilas. Nous arriverons bien à démêler tout cela, mais je vous demande encore de vous tenir sur vos gardes : vous serez donc toujours suivie par un agent pour votre sécurité. Les enjeux semblent dépasser la petite affaire crapuleuse, l'enquête se poursuit et je vous tiendrai au courant. Donc, nous devons vous protéger plus efficacement encore, pour des raisons qui m'échappent en grande partie. Que diriez-vous de partir avec Argina au vert ? Vous pourriez peindre dans un atelier prévu pour vous, car votre exposition aura lieu dans deux mois. Je vous propose cela, car cette fameuse maison d'accueil est aussi une maison hautement sécurisée pour d'autres raisons ; vous y seriez à l'abri de tout.

Elena fut choquée par ces nouvelles alarmantes d'autant plus qu'il les lui donnait sur un ton grave qui laissait peu de place à l'optimisme. Dans quel pétrin s'était-elle fourrée, elle qui était venue dans cette ville pour y trouver un peu plus de paix et de solitude ?

— Votre coup d'éclat chez Veronica n'est pas passé inaperçu. Et maintenant, vous vous êtes fait remarquer au vernissage de la galerie. Mon rôle officiel de marchand d'art éclairé ne suffit plus à masquer votre personnalité, l'agneau s'est mis à rugir comme un lion ! Donc, si vous acceptez ce plan, deux voitures partiront ce soir, dont une camionnette pour transporter tous vos matériels de peinture. Elles vous transporteront tous les quatre jusqu'à cette maison. À ce propos, nous avons transmis à Albert, le marchand de peinture, la liste du matériel dont vous aurez besoin et il la joindra, avec votre accord bien sûr, à la commande d'Argina pour la déposer dans cette camionnette. Vous serez déposée à votre domicile vers dix-sept heures et vous aurez tout juste une heure pour préparer vos propres affaires, des affaires pour un mois. Une voiture viendra vous chercher très exactement à dix-huit heures et une fois dans la voiture, vous serez enfin en totale sécurité. Je dois avouer que je commence à culpabiliser de vous avoir mis dans notre pétrin. Je pourrai recommencer à respirer quand je vous saurai bien arrivée à Dortmur, le lieu où vous serez accueillis. Durant votre séjour là-bas, je pense que nous aurons le temps de rassembler toutes les pistes et d'arrêter les coupables.

Elena admira le sang-froid et la confiance qu'il semblait ressentir.

— Prenez aussi votre fameux sac à dos avec son portable, je pourrai ainsi vous contacter à Dortmur s'il le faut. Il y aura un téléphone classique là-bas pour pouvoir joindre les personnes que vous voulez.

Après ce discours net et précis, il leva les yeux vers ceux d'Elena et y découvrit de la stupeur : elle avait beau essayer de se contrôler, tout pouvait se lire dans ses yeux.

— Je suis vraiment désolé de vous laisser si peu de choix et d'être aussi directif, mais les circonstances, que je ne peux toutes dévoiler à ce stade de l'enquête, m'obligent à être aussi ferme.

Elle lui avait fait confiance, lui faisait confiance et, dans cette tourmente, il était son seul appui.

— Je vous fais confiance, articula-t-elle péniblement, et je ferai ce que vous me conseillez de faire.

Mais, encore une fois, que faisait-elle dans cet imbroglio à mille lieues de son monde ordinaire ? Elle décida fermement qu'elle refuserait désormais de descendre seule un escalier inconnu et lui transmit sa dernière décision en souriant à peine.

— Figurez-vous que je me pose, moi aussi, la même question. Mais qu'êtes-vous venue faire dans ce fichu escalier ?

Et ils éclatèrent de rire ensemble, provoquant le sort qui aurait pu leur vouloir du mal. *Pourvu que Nathanael ne lui en veuille pas trop*, se dit encore Elena qui ne savait plus trop quoi penser.

— Bon, l'heure approche et nous avons évoqué beaucoup de choses, je vais débloquer l'isolation phonique. Nous nous reverrons sûrement bientôt.

Le laissant aller assister à la réunion de la Fondation de son côté, comme il l'avait demandé, elle reprit le chemin inverse pour retrouver le petit groupe qui l'attendait. Elle déjeuna rapidement en compagnie d'Argina, de Claire et de Mutray, souriant devant les grimaces culinaires d'Argina. Les retrouvailles avec le traducteur aborigène mutique furent plus froides. Elles le furent bien davantage quand Claire apprit à Mutray qu'il devait les accompagner pour traduire les demandes d'Argina. « Outrée » serait le mot le plus adapté pour décrire son expression.

— Je suis au courant pour votre départ avec nous, lui glissa tout bas Claire, nous tâcherons de faire nos emplettes le plus rapidement possible pour que vous ayez le temps de vous préparer vous aussi. Mais quelle mouche anti-tsé-tsé l'a-t-il piqué pour que tout se fasse aussi rapidement ! Néanmoins, je suis ravie de vous inclure dans notre équipe et je tiens à vous remercier pour votre précieuse collaboration ! continua-t-elle avec un franc sourire. Je me chargerai des paiements et de la livraison de votre matériel, soyez sans crainte.

— Et moi également, vous nous aidez tellement efficacement ! lui répondit chaleureusement Elena.

Ce fut, malgré tout, une merveilleuse journée, ponctuée de fous rires devant les déguisements qu'Argina choisissait, d'écoute respectueuse et de poursuites joyeuses dans les magasins à la suite d'Argina qui voulait tout découvrir. Il y avait longtemps qu'Elena n'avait pas ri de si bon cœur et Claire semblait également bien s'amuser. Elle avait instinctivement compris qu'ils allaient devoir choyer leur protégée, quoi que Mutray fasse pour les contrer. Les courses furent rapidement menées, bien que la liste de nourriture d'Argina ait posé quelques soucis ; Claire s'engagea à faire des recherches plus tard et à les faire livrer à Dortmur. Argina semblait vraiment soulagée et gardait précieusement avec elle un beau pull orange vif pour qu'on ne lui reprenne pas. Elle restait abasourdie par le rythme endiablé des citadins qu'elle croisait et Elena la rassura en lui promettant que les jours suivants seraient plus calmes. Du moins, elle voulait y croire…

Une voiture la déposa à temps en bas de chez elle ; un homme l'attendait déjà sur le trottoir pour l'accompagner dans son appartement et pour l'aider à préparer rapidement ses bagages. Voir Claire adresser un bref salut de reconnaissance à l'homme, avant qu'il ne s'engouffre dans l'immeuble, rassura Elena qui commençait sérieusement à se demander dans quel monde de fous elle avait bien pu tomber, un monde dans lequel personne ne savait vraiment à qui faire confiance. Ce fut rondement mené, l'homme rangeait au fur et à mesure les vêtements qui lui étaient tendus en vrai professionnel, lui indiquant quelques affaires manquantes comme s'il connaissait le lieu vers lequel elle allait se diriger. Puis l'homme l'accompagna en bas tout en portant la grosse valise : Elena avait pris soin de garder avec elle son précieux sac à dos, lui-même dissimulé dans un sac plus grand pour ne pas attirer l'attention. En la voyant opérer ces transferts de sac, l'homme opina discrètement de la tête, lui montrant qu'il approuvait son geste.

Postée le long du trottoir, une voiture se rapprocha d'eux et le garde escorta la jeune femme jusqu'à ce qu'elle soit promptement assise sur le siège arrière. Il rangea rapidement les bagages dans le coffre, tout en surveillant du coin de l'œil les environs et en faisant enfin un signe au chauffeur pour lui indiquer qu'il pouvait partir. En un clin d'œil, Elena fut amenée au siège des bureaux de Nathanael où l'attendaient Claire, Mutray et Argina, qui fut si heureuse de constater qu'Elena partait bien avec elle qu'elle se mit à pleurer doucement tout en souriant. Ses deux compagnes, devant son émotion, comprirent qu'elles avaient fait le bon choix.

11

NATHANAEL

Mais qu'est-ce que cette femme était venue opérer dans sa vie ? Nathanael avait toujours strictement gardé un contrôle sur son existence, construit son monde exactement comme il entendait le faire. Pour cela, il s'était donné les moyens d'y parvenir. C'était un monde organisé, structuré, qui lui permettait de vivre les différentes facettes de sa personnalité. Définitivement, personne ne pouvait l'atteindre. Il avait l'intelligence et une force de volonté qui, aidées par une recherche personnelle et des facilités familiales, lui avaient permis de bâtir une citadelle.

Pour échapper à la tension extrême de son activité financière, il s'était donné beaucoup de mal et d'années avant de trouver ce lieu, véritable oasis de silence. Sous la couverture officielle de ses affaires, d'autres activités beaucoup plus secrètes lui permettaient de se sentir utile et de collaborer à la stabilité de son pays. Ces trois mondes séparés avaient parfaitement coexisté jusqu'à présent. Et voilà qu'une femme – Dieu sait s'il s'en méfiait en général en s'en tenant éloigné, du moins émotionnellement parlant – s'était immiscée entre ces trois mondes, sans avoir l'air de rien. Elle avait beau être timide, effacée, seule et sans protection, elle avait pénétré, presque par distraction et en toute innocence, ses trois espaces protégés. Elle avait innocemment descendu un escalier, en principe inviolable, et découvert une corniche qu'elle avait déclarée sienne, excusez du peu. Elle désirait même y revenir malgré les dangers. Sans faire pression ni chantage, juste comme ça, en passant… Elle lui avait sauvé la vie deux fois, toujours en passant et sans rien connaître de ses connexions ultrasecrètes. Elle l'avait précipité au sol, lui qui était toujours sur ses gardes ! Son monde professionnel avait été impacté également par son arrivée et sa secrétaire Claire ne tarissait pas d'éloges sur elle.

Et voilà qu'il l'envoyait à Dortmur, sa citadelle familiale ultime, pour une raison de sécurité. Il l'avait laissée s'intégrer dans son monde intime : la boucle était bouclée !

Elle débusquait les dangers qui le menaçaient, une coupe de champagne à la main, alors qu'elle semblait paniquée par des personnes inoffensives et insignifiantes. Lui désignait, d'un petit doigt caché par l'autre main, les personnes qui sévissaient au nez et à la barbe des agents de sécurité pendant qu'elle continuait à sourire et parler aux acheteurs… C'était effarant, elle avait même mis dans sa poche un des sergents du renseignement, un dur parmi les durs, qui ne parlait plus que d'elle, des étoiles dans les yeux ! Un monde à l'envers, il était devenu un vrai papa gâteau, elle aurait pu le faire manger dans sa main sans aucun souci. Et puis, elle s'effaçait à nouveau, parlant peu, ne demandant rien, comme ignorant dans quel guêpier elle s'était fourrée. Et c'était à lui de la protéger ? Quelle ironie ! Il ne la connaissait pas et voilà qu'il lui fournissait ses codes, à elle qui voulait retourner sur son promontoire, rien que ça ! Et lui, que lui avait-il répondu ? « Mais bien sûr, mais quand vous voulez… Je vais vous faire installer une cabane pour que vous vous y installiez ! » Quant à l'idée qu'il avait eue de la fondation Roches, lui qui ne s'était jamais intéressé à l'art, vu le peu de temps qu'il lui restait ! D'ailleurs, c'était un monde tout juste bon à désennuyer les oisifs, soit dit en passant : il en avait encore l'estomac retourné.

Le plus incroyable dans cette affaire, c'est qu'il s'était pris au jeu en découvrant ce nouveau monde par ses yeux à elle. Parlons-en aussi de ses yeux, elle avait sûrement un master du regard, à coup sûr : il suffisait qu'elle le regarde et il acquiesçait à toutes ses volontés. Et ce sourire timide et calme qui aurait désarmé, à coup sûr, un bataillon. Non, il fallait qu'il se ressaisisse rapidement.

En faisant faire cette recherche sur elle, il avait découvert qu'elle écrivait également. Par acquit de conscience, il avait demandé aux enquêteurs que l'on fasse quelques photos pour comprendre la teneur de ses écrits ; une lettre l'avait beaucoup fait rire, avec une plume acerbe et affectueuse. Une autre photo avait révélé ce qui était plutôt un poème, cela l'intéressa davantage. Ce poème, contre toute attente, le remua. Mais qui était ce phénomène vivant caché dans son appartement et quasiment sans lien avec l'extérieur ?

Pour ne pas parler du vernissage des Roches qui était censé être une discrète couverture officielle ayant pour but de masquer son véritable lien avec elle… Mais non, elle avait pris en main séance tenante une bonne partie de la salle, l'avait manipulée avec dextérité, l'avait même fait participer à un happening thérapeutique aborigène, non prévu au programme. Autant dire que sa présence avait été aussi évidente qu'une autruche aurait pu l'être dans un salon de coiffure… Quelle ingratitude personnifiée !

Et maintenant, voilà qu'il s'inquiétait tant pour elle qu'il allait l'introduire dans son domaine familial. Gus, le gardien de son foyer, n'en croirait pas ses yeux quand il la verrait débarquer au domaine ; Nathanael riait d'avance de sa réaction outrée, tout en redoutant les interrogations qui ne manqueraient pas de suivre, car peu de choses lui échappaient…

Une fois pour toutes, qui était cette femme et comment allaient évoluer les événements ? La situation semblait se compliquer davantage chaque jour dans l'enquête et il était plein d'appréhension. Il restait l'énigme de cet attentat. Elle les avait certes sauvés, Harry et lui, mais quelle mouche avait piqué ces assaillants ? Harry et lui travaillaient depuis longtemps en souterrain : leur réseau était parfaitement organisé et rien ne pouvait expliquer ce soudain revirement. Ils poursuivaient leur travail, en général chacun dans son camp respectif et en sachant qu'une trêve non violente était nécessaire à leurs avancées respectives. Et là, une attaque en plein jour, ouverte et contre-productive, pour laquelle les enquêteurs cherchaient toujours en vain le réel motif ? Il sentait que Harry avait été bouleversé par cet épisode, mais il ne comprenait pas l'attitude distante de son ami depuis son retour d'Australie. Impossible de lui faire dire ce qui l'avait décidé à choisir ce traducteur aborigène vraiment énigmatique...

Incontrôlable, voilà exactement ce qu'elle était et c'était ce qu'il détestait le plus, évidemment. Malgré tout, cela l'intriguait, l'amusait en même temps, quand la plupart des gens l'ennuyaient prodigieusement : ils étaient tellement prévisibles que c'en était lassant. L'avenir devenait incertain, mouvant, imprévisible.

Mais comment cette femme fonctionnait-elle, suivant quelles règles ? Probablement une extraterrestre déposée par erreur au cours de sa trajectoire ; c'était la seule explication plausible pour l'instant.

En plus de la formation accélérée sur l'histoire de l'art contemporain à laquelle il s'était inscrit sur Internet, histoire de se sentir à la hauteur face à des interlocuteurs — dont elle — au fait du travail artistique, il allait peut-être devoir se pencher sur l'existence de mutants débarqués sur Terre pour y découvrir quelques indices expliquant cette anomalie sur pattes qui avait déboulé dans sa vie sans crier gare. Si cela se vérifiait, il trouverait bien un moyen de faire fabriquer illégalement une soucoupe volante qui la ramènerait chez elle.

Et maintenant, voilà qu'il commençait à débloquer à son tour, c'était le comble !

Le fait de la savoir loin de la ville, loin de lui et pour un mois entier, lui redonnait un peu de réconfort, la possibilité de poursuivre sereinement son enquête et de retrouver un peu de son légendaire flegme qui se fissurait à grande vitesse actuellement. Évidemment, en étant pessimiste, il pouvait craindre qu'elle aille mettre le feu à la maison, ou bien qu'elle décide d'y accueillir des réfugiés politiques venant d'un pays dans le chaos, ou pire encore, organiser une fuite avec Argina. Non, il fallait se calmer et laisser l'atmosphère campagnarde la calmer, elle aussi. Tout ceci dépassait l'entendement et il allait y mettre bon ordre. Sur cette dernière pensée réconfortante, sa tête se redressa et il reprit son rôle de manager blasé et sans faille. Claire arrêterait de le surveiller du coin de l'œil comme s'il était devenu un animal bizarre et elle retrouverait, elle aussi, sa place de secrétaire conventionnelle.

12

DORTMUR

Ce fut en début de soirée que les voitures parvinrent aux grilles d'accès de Dortmur : celles-ci s'ouvrirent lentement après un court dialogue à l'interphone et ils suivirent une allée menant à une petite maison qui, effectivement, ressemblait à une loge de gardien. *Où donc sommes-nous ?* se demanda Elena, effrayée par la grandeur du domaine.

C'était une jolie maison mansardée qui leur ouvrit ses portes, comme acceptant de garder en sécurité ces nouveaux arrivants. Chacun prit ses bagages et se dirigea vers sa chambre sans mot dire. La journée avait été longue et Claire, elle-même, d'ordinaire si pleine d'allant, expliqua brièvement, d'une voix lasse, la répartition dans la maisonnée.

Enfin seule dans sa chambre, Elena tenta de récapituler ce qui venait de se passer : sa curiosité l'avait menée dans ce nouveau monde, munie de sa seule bonne volonté. Elle se sentait davantage appréciée pour ce qu'elle se sentait être : peut-être réaliseraient-ils tous bientôt qu'elle n'était qu'une personne insignifiante, inadaptée à leur mode de vie. Malgré tout, Elena se sentait proche d'Argina, de Claire et de Nathanael, comme elle ne l'avait que rarement ressenti auparavant. Les sentir prêts à la défendre faisait naître un léger sourire sur ses lèvres. Il fallait une bonne nuit de sommeil avant tout, s'endormir dans le calme et se réveiller au bruit de chants d'oiseaux. L'avenir lui dirait bien assez tôt ce qui découlerait de tout cet imbroglio.

Bien sûr, le réveil fut un peu plus complexe que cela quand Elena se retrouva au petit déjeuner, entourée de deux aborigènes intimidés et de Claire, habillée strictement, comme si elle se trouvait dans ses bureaux de secrétaire de direction. La vue d'omelette aux insectes grillés, accompagnée de sortes de lézards aux couleurs douteuses, fut un nouveau challenge pur dans l'idée de se persuader que la vie était redevenue normale. S'adapter à tout moment devenait une nécessité absolue, il suffirait de considérer qu'en s'ouvrant aux originalités de chacun, elle trouverait le temps, de gré ou de force, de se ménager des moments de solitude bienvenus.

À midi, Claire avait réussi à leur préparer un déjeuner copieux qu'elle avait réchauffé et posé sur la grande table d'une cuisine chaleureuse, décorée à l'ancienne. Ce fut l'occasion de mettre au point l'organisation des jours à venir : Claire resterait dormir la nuit suivante, le temps de leur présenter la maison, les ateliers de peinture pour Argina qui devait préparer sa prochaine exposition dans un mois et pour Elena qui pourrait aussi peindre en vue de l'exposition qui suivrait celle d'Argina. Elle les avait conduits au jardin qui attenait à la petite maison, où ils pourraient déjeuner si le temps le leur permettait.

Mutray avait été fermement informé des différents modes d'emploi de la maison et recadré sur son rôle de traducteur auquel il devait se conformer. C'est en bougonnant qu'il avait reçu ces instructions, mais Elena fut reconnaissante à Claire de bien mettre les points sur les i. C'était rassurant, juste ce dont elle sentait la nécessité et qu'elle n'arrivait pas à imposer à cet homme désagréable. Quelqu'un prenait en charge la bonne marche des événements et elle pourrait relâcher tous ses sens survoltés ; à elle le temps de la création, un bureau donnant sur les arbres, un atelier pourvu de belles toiles blanches, ses carnets et sa plume, entendre le frémissement des branches dans les sautes de vent. Argina pourrait s'adonner tranquillement à sa peinture sans avoir trop besoin de son associé rébarbatif.

La journée suivante se déroula comme Elena se l'était imaginé : un vrai chantier d'emménagement. Des artisans avaient heureusement recouvert le sol des deux ateliers d'un film plastifié épais qui remontait jusqu'à mi-hauteur des murs. Ces ateliers avaient dû servir de salles de réunion et peindre sans protection aurait été presque traumatisant à la pensée des potentielles taches malvenues. Elena aida en premier lieu Argina, qui était restée assise par terre et semblait totalement dépassée par les événements. Elle passait son temps à se lever pour aller ouvrir les fenêtres qui donnaient sur le parc ombragé d'arbres. Après un long temps de silence, elle leur déclara qu'elle peindrait dehors, sur des toiles posées à plat, et il fallut recouvrir le gazon d'un nouveau revêtement en bois cette fois, comme une sorte d'estrade en plein air. Il fallut également louer une grande tente pour protéger l'ensemble de la pluie ; Argina ne semblait pas connaître les mots pluie ou brouillard ! L'atelier d'Elena était un peu plus éloigné, ce qui lui convenait tout à fait. Plus petit, il avait été aménagé à la dernière minute, un lavabo portatif y avait été posé ainsi qu'une cimaise permettant l'accrochage des toiles.

Elle remercia chaleureusement Claire pour la qualité de ses installations et l'accompagna à la voiture qui la ramenait en ville.

— Merci encore, Claire, pour votre aide. Vous êtes d'une telle gentillesse et d'une telle efficacité que les difficultés s'aplanissent d'elles-mêmes devant vous. Vraiment, je n'arrive pas à exprimer ma reconnaissance envers vous !

— Chère Elena, ce n'est que mon travail ordinaire que j'ai fait, mais je peux vous dire que je me suis rarement autant amusée à le faire. ! Votre projet m'enthousiasme, je vais finir par comprendre celui de Nathanael. Vous êtes comme un rayon de soleil dans notre quotidien, vraiment ! Ceci dit, fit-elle en se rapprochant et en lui saisissant doucement le bras, soyez vigilante et prenez bien soin de vous et d'Argina. Je ne suis qu'à moitié rassurée en vous laissant, chuchota-t-elle. N'hésitez pas à m'appeler au moindre souci, je serai là.

Elena lui sourit en retour pour la rassurer et lui plaqua un baiser maladroit sur la joue pour lui dire son affection.

— Tout va bien se passer, grâce à vous tous. Ne vous en faites pas et saluez Harry et Nathanael de ma part, fit-elle en levant la main pour lui dire au revoir quand celle-ci entra dans une des estafettes qui les avaient amenés dans ce lieu hors de l'agitation.

Petit à petit s'installa une routine de travail. Ils avaient décidé d'un repas en commun le soir, ce qui leur laissait toute liberté pour le reste de la journée. L'un ou l'autre, à tour de rôle, préparait un plat dans l'intention de prouver aux autres qu'il surpassait le plat du jour précédent : c'était devenu une sorte de jeu et chacun dut reconnaître que les plats étrangers avaient également leur charme, passé le premier moment d'hésitation polie. Claire avait discrètement conseillé à Elena d'essayer d'apprendre quelques mots usuels aborigènes pour soutenir Argina, bien esseulée. En disant cela, elle lui avait gentiment remis un petit manuel intitulé *Comment parler aborigène en un mois*.

Le genre de langue étrangère qui me sera utile toute ma vie, soupira intérieurement Elena. *Bienvenue au pays de l'étrange !* Mais bon, elle comprenait la démarche de Claire et l'approuvait, c'était vraiment une perle ambulante, pensant à chaque détail tout en souriant d'un air innocent, l'air de rien.

Les matins qui suivirent permirent à Elena d'aller à l'orée des grands arbres pour faire ses enchaînements de qi gong avant de s'installer au bureau de sa chambre pour régler les affaires qu'elle avait laissées en plan. Le temps avait décidé d'être clément, une légère brise parfumée chassait les derniers relents de renfermé de cette maison qui devait être inoccupée depuis un bon moment. L'après-midi, elle allait installer ses toiles et préparer quelques esquisses. Il fallait avant tout rassurer Argina et veiller à ce qu'elle ne manque de rien. C'était l'occasion d'aller visiter son atelier en plein air et elle la trouvait plongée dans un autre monde, un monde qu'elle semblait retranscrire lentement sur la toile, tout en chantonnant à voix basse. Ce monde de méditation picturale était fascinant à observer. Nathanael avait eu raison, le calme était revenu.

C'était passionnant d'observer Argina, accroupie, déposer de la main des signes sur sa feuille, lentement, comme si elle obéissait à des injonctions silencieuses. Parfois, elle s'arrêtait, hésitait, puis reprenait le cours de ses pensées-gestes en les posant simplement au sol. Et, petit à petit, sa toile se remplissait de mots, de silences, d'évidences et de couleurs frissonnantes, telles des ondes vibratoires qui diffusaient et réfractaient la lumière environnante, comme s'il y avait interpénétration de ce monde avec le monde intérieur d'Argina. Elena pouvait voir la nature environnante avec des yeux neufs, enrichis de la perception personnelle de son amie.

On pouvait oublier le temps à la regarder. Elena adorait ces moments de pure grâce et n'osait l'interrompre pour lui demander ce qui la décidait à poser telle marque, dans telle direction ; c'était tout simplement beau.

Un après-midi, Elena n'y tint plus et profita du fait qu'elle prenait sa pause pour questionner Argina. Par chance, Mutray était présent et pouvait traduire sa question :

— Argina, puis-je te demander pourquoi tu as choisi de peindre ?

Argina, d'abord perplexe, lui répondit :

— Le dessin est essentiel pour transmettre de génération en génération les histoires des clans, les croyances et traditions. Il y a trois niveaux de lecture, une lecture destinée aux enfants, une seconde dédiée aux adultes et un troisième niveau, dit spirituel. Chaque clan possède une technique particulière qui constitue sa signature.

— Alors, l'art est un moyen ? dit tout haut Elena qui réfléchissait aux implications des paroles de son amie aborigène.

— Oui, opina Argina de la tête, la peinture permet de relier le présent au passé, et les êtres humains au monde surnaturel. Il régénère les pouvoirs des ancêtres mythiques. Lorsque toi, tu peins ces roches blanches avec la rivière en dessous, tu exprimes la présence d'un être, serpent cosmique ancestral du temps du « Rêve » qui, en serpentant dans le paysage, a créé le cours d'eau. Tu as les doigts qui sentent l'autre réalité, je l'ai ressenti lorsque tu m'as touché la tête. Il est possible donc que tu ressentes aussi ce temps du « Rêve » à ta manière et que ce lieu possède un « pouvoir de rêve » dans lequel réside le sacré. À travers ton regard de peintre, tu l'as ressenti, n'est-ce pas ? Mais tu n'as pas indiqué le chemin, c'est étrange pour nous.

— Mais, Argina, pourquoi peindre ce sacré est-il important pour vous ? demanda Elena, de plus en plus intriguée.

— Parce que tu régénères les pouvoirs de l'ancêtre mythique. Tu montres aussi ton identité spécifique et celle de ton groupe : de quel groupe fais-tu partie ?

Elena fut prise de court : elle aurait bien eu du mal à nommer ceux qui auraient fait partie de son groupe : Nathanael, Claire et Joshua, sans doute. Mais eux, comprenaient-ils les symboles qu'elle utilisait pour peindre, avaient-ils créé un code ? Comprenant son silence, Argina continua, pensive :

— Tu n'as pas été initiée dans ton groupe, mais cette réalité que tu peins transcende l'expérience quotidienne. Mon dessin à moi n'a de valeur picturale que s'il vient du « Rêve ». D'ailleurs, au travers de ce temps du rêve de la peinture, il est possible de communiquer avec les esprits et de déchiffrer le sens des mauvais présages.

Elle fit alors un signe de la main à Mutray pour le remercier de ses traductions et lui dire qu'il était maintenant libre de partir : il semblait furieux. Peut-être de ce qu'Argina avait transmis de leurs connaissances claniques.

Argina se rapprocha alors d'Elena et inscrivit quelques mots aborigènes sur une feuille de papier blanc. Elena, intriguée, sortit son ordinateur pour qu'il lui traduise les mots d'Argina :

« Sois prudente, il y a un danger autour de toi. »

Elena poussa un « oh » de surprise apeurée qu'elle cacha derrière sa main. Comment Argina avait-elle pu découvrir qu'il y avait un potentiel danger, puisque personne ne lui avait rien dit à ce sujet ? Le danger était donc bien réel… Argina continua d'écrire rapidement quelques mots : « Tu es protégée, mais reste sur tes gardes. » Argina regarda son amie et la vit effrayée, elle sourit doucement et lui dit :

— N'aie pas peur. Ce qui te fait peur devient plus grand. Aie confiance.

Puis elle déchira soigneusement la feuille en petits morceaux qu'elle enfouit dans différents trous dans la terre. Ceci fait, elle revint en silence dans sa peinture méditative, après avoir souri une nouvelle fois à Elena. Comme si de rien n'était.

Alors qu'Elena était assise à boire un thé un après-midi, dans leur petit jardin intérieur qui donnait sur la cuisine, tout en savourant le silence environnant, elle vit venir à elle une vieille dame à l'allure distinguée et hautaine qui s'arrêta à quelques pas de son siège.

— Ainsi, c'est vous qui occupez la maison du gardien ?

La question manquait de chaleur, pourtant Elena inspira pour garder son calme et rester aimable.

— Permettez que je me présente, je m'appelle Elena et, effectivement, avec Argina qui est également peintre, nous préparons une exposition dans cette charmante maison. Puis-je vous demander qui vous êtes ?

— Je suis la propriétaire de ce domaine, madame Beauchamp, et je voulais voir de moi-même ce qui se passait ici.

— Voulez-vous que je vous montre nos ateliers et nos peintures ? Argina serait heureuse de vous rencontrer.

— Merci bien ! Et quel prénom bizarre, vraiment ! Je déteste le désordre et les odeurs de peinture, comme celle d'essence de térébenthine que vous dégagez maintenant !

Restée sans voix devant cette agressivité à peine masquée, Elena la vit s'éloigner rapidement, digne et raide, pour aller vers le parc. Pourquoi donc cette femme, qui semblait si peu enchantée de les recevoir, avait-elle accepté leur présence chez elle ? Il faudrait poser la question à Claire à la prochaine occasion… Peut-être une parente de Nathanael qui n'avait pas pu refuser la demande qu'il lui avait faite.

Réflexion faite, c'était une bonne nouvelle, car même si on l'avait aidée à penser à amener sa robe de cocktail, elle frémissait à l'idée d'avoir à la porter pour une entrevue intimidante et cérémonieuse avec cette femme désagréable. C'était comme si ses pieds devenaient trop grands, comme coincés dans de petites chaussures pointues. Désagréable, vraiment ! Un vernissage par mois serait sa seule dérogation à la règle qu'elle s'était fixée, et c'était déjà une grande concession de sa part. Elle n'avait pas changé de pays et de vie pour se retrouver dans ce genre de situation stérile pour chacun. C'était étrange que, dans sa recherche d'un lieu de calme où se ressourcer, elle ait abouti à une situation dans laquelle elle avait dû montrer une force de survie inconnue d'elle, une énergie insoupçonnée pour protéger ceux qu'elle aimait, car, oui, elle aimait ces personnes qui lui avaient donné les moyens de se reconstruire, avec générosité et élégance. Pouvoir rendre un peu de ce qu'elle avait reçu, un cadeau inestimable : celui aussi de se faire reconnaître pour ce qu'elle était.

Nathanael vint un soir les trouver pour dîner avec eux. Informées de sa venue, Argina et Elena lui avaient confectionné un repas mixant les deux civilisations : ce fut une soirée joyeuse. Il s'intéressa avec attention au travail effectué par Argina, qui fut heureuse de lui montrer ses compositions, ravie de le voir si intéressé par son travail. Ils parlaient tous les deux par des gestes souvent comiques et Elena intervenait parfois dans leurs essais burlesques de communiquer dans de grands éclats de rire.

Nathanael avait perdu son sens de la retenue pour tenter d'exprimer ses idées, comme un enfant mimant le film qu'il voulait faire deviner à un autre enfant. Elle se retenait de traduire ses questions délibérément, le laissant librement s'exprimer avec cette gaucherie attendrissante, consciente de la confiance qu'il lui faisait en laissant voir cette part de lui, habituellement bien dissimulée. Son peu de connaissances du langage aborigène parvenait à éclaircir les questions restées sans réponse de Nathanael qui la regardait avec respect s'adapter aux onomatopées d'Argina.

Celle-ci avait eu le temps auparavant de l'initier à quelques mots clés pour elle, comme le sable, la pierre et le rocher, les lézards et les serpents, la rivière ou l'eau, ce genre de mots essentiels pour elle. De même, elle avait appris à traduire le chemin, la lune, le soleil et la lumière. C'était étrangement les mots avec lesquels elle communiquait le mieux avec Nathanael quand ils évoquaient, à leur insu, le promontoire, à l'exception bienheureuse des lézards et des serpents… S'en était-il rendu compte lui-même ? Elle se le demandait, comme un territoire commun d'entente silencieuse. Bien sûr, des mots totalement incongrus dans une conversation convenue entre personnes de bonne éducation, ou de mauvaise d'ailleurs. Sur cette base, ils se comprenaient bien, sans que des concepts autres soient évoqués dans la conversation. Nathanael partit en fin de soirée pour dormir à la « grande maison », comme il la définissait lui-même. Il leur avait dit qu'il reviendrait les voir le lendemain matin, avant son départ pour la ville.

C'est en souriant qu'il revint le matin, les bras chargés de cadeaux qu'il leur présenta : un cadeau pour chacun d'eux. Argina découvrit en ouvrant son paquet un magnifique collier de perles de cornaline intercalées de perles dorées, représentant les animaux qu'elle connaissait : elle pourrait le porter sur sa robe prévue pour son prochain vernissage. Elle battit des mains en faisant de petits sauts de joie, Dieu sait quand une personne lui avait fait un si beau cadeau.

Le traducteur reçut une tablette dotée d'un logiciel de traduction aborigène et Nathanael lui demanda de contacter des jeunes de son campement pour écrire et traduire leurs contes personnels ou collectifs : il désirait organiser un concours de contes aborigènes qui récompenserait les trois plus belles histoires, des histoires que l'on pourrait raconter aux enfants d'autres cultures, qui apprendraient ainsi à mieux les connaître. L'idée était excellente et Elena hocha la tête avec empressement. Encore une nouvelle avancée vers ce qu'elle aimait tant : écrire et communiquer, tout en étant utile. Cet homme était un génial magicien à sa manière et sans qu'il semble s'en douter. Cela donnerait une occupation sérieuse à Mutray qui tournait en rond de frustration probable. Nathanael lui donna quelques adresses mail de personnes à contacter pour transmettre ses avancées, dont la sienne et celle de Harry, ce qui lui laissait peu de champ pour se dérober à sa tâche. *Bien joué*, pensa en elle-même Elena. Harry pourrait aussi chercher de son côté et collaborer avec lui. Qui, de lui ou de Harry, trouverait les plus belles histoires ? En lançant cette sorte de défi à tous, il savait qu'il émoustillait l'esprit de compétition des deux protagonistes !

Puis Nathanael se tourna vers Elena pour lui demander si elle acceptait de bien vouloir les réceptionner et de commencer un tri qu'ils pourraient examiner ensemble plus tard, pour choisir les contes publiables.

— Je trouve cette idée enthousiasmante, comptez sur moi pour relancer régulièrement Mutray dans sa collecte de contes ! dit-elle en souriant, ravie de se sentir une nouvelle fois complice de cet homme vraiment étonnant.

— Savez-vous comment les aborigènes représentent un homme dans leurs peintures ? lui demanda-t-il malicieusement.

— Euh, non. Ce n'est pas dans mon manuel de langue !

— Eh bien, ils dessinent un U majuscule, pour signifier la trace que laisse un homme quand il s'est assis dans le sable. C'est logique, finalement, et je pense que les enfants adoreraient connaître ce langage. Ce que Mutray ignore, c'est que l'argent des récompenses sera directement versé à un organisme humanitaire sérieux sur place, qui œuvre pour redonner un statut social et une dignité aux aborigènes qui sombrent dans les dépendances et la dépression.

— Nathanael, c'est vraiment génial !

Elle en aurait presque battu des mains, comme Argina le faisait, pour montrer sa joie. Satisfait de son approbation, il lui tendit alors le paquet qui lui était destiné, sans se douter des émotions contradictoires qui venaient de s'emparer d'Elena. Il la vit se dandiner maladroitement, comme hésitant sur la place où ils pourraient se poser.

— D'abord, vous devez essayer de deviner ce que ce paquet contient !

— Ce n'est pas du jeu, les autres n'ont pas eu à faire cela ! protesta Elena, de plus en plus agitée.

— Dans l'étendue actuelle de leur vocabulaire, ça nous aurait pris une nuit, répliqua-t-il en souriant ironiquement.

Ça, elle n'aimait pas du tout : encore un défi qui équivalait à se livrer. Elle était presque sûre qu'il en avait été conscient en proposant ce jeu, mais il le jouait avec bienveillance. Pouvait-elle lui faire confiance ? Pour elle, un cadeau avait toujours été un colis piégé, qu'elle devait désamorcer avec beaucoup de précaution, un moyen de la blesser, de lui faire comprendre de façon déguisée ce qu'elle était censée aimer ou faire, et non une preuve d'intérêt pour ce qu'elle désirait. Cela avait été un jeu familial éprouvant, qui se renouvelait à chaque fête de Noël ou d'anniversaire, un jeu qui lui avait fait détester ces dates qui arrivaient fatidiquement et de façon inexorable chaque année. Elena se souvenait de tous les efforts à fournir pour cacher sa déception et simuler une joie factice lorsqu'elle ouvrait ces horribles paquets ressemblant tant à des poignards déguisés. Alors, l'idée d'inverser le jeu lui vint : arriver à plaisanter de cela ?

— Une compilation des tubes de discothèque des dernières années pour organiser une surprise-party ?

Il sourit en retour et fit non de la tête en continuant à lui tendre négligemment son paquet : il était en train de comprendre que ce cadeau lui causait de l'angoisse. Comment une femme pouvait-elle détester un cadeau ? Il n'avait jamais vu ça…

— Un coffret de maquillage avec un gros manuel pour le mode d'emploi, alors ?

Il éclata de rire, semblant comprendre ce qui se cachait derrière ce jeu.

— Non plus, j'aurais effectivement dû y penser. La prochaine fois ! Mais vous n'avez droit qu'à trois essais, reprit-il avec sérieux, en commençant à s'inquiéter du sort réservé au cadeau qu'il lui avait préparé.

— Ah, je sais maintenant, c'est une barque de pêche !

Un fou rire les saisit tous les deux devant Argina et Mutray qui ne comprenaient pas pourquoi Elena n'ouvrait pas son cadeau.

— Vous détestez donc tant pêcher ?

— Au contraire, j'aimerais tant repartir sur un bateau et pêcher tranquillement en suivant le courant !

Elle l'étonnait encore, en ne semblant même pas désireuse d'ouvrir son cadeau : elle semblait s'être à nouveau retranchée derrière son mur de protection. *En quoi l'avait-il blessée ?* se demanda-t-il, perplexe. Jamais une femme n'avait eu un tel recul devant un présent offert par lui.

— Dois-je le reprendre ?

Cette fois, c'était à son tour de se sentir blessé.

— Oh non, je vous demande pardon, vous n'y êtes pour rien, se reprit-elle rapidement. C'est juste que…

Elle semblait maintenant prête à pleurer. Elle se sentait la reine des idiotes, incapable même de tisser un lien de confiance avec une personne pleine de bonnes intentions. De plus en plus désemparé, Nathanael tenta de paraître léger :

— Tenez, je vais l'ouvrir devant vous et vous aurez même le droit de le refuser, si jamais il ne vous plaît pas, mais gentiment, d'accord ?

Elle acquiesça en silence comme une enfant penaude. Il détacha le joli ruban et Elena découvrit une dizaine de grands carnets aux couleurs pastel multicolores ravissantes.

— Je vous remercie vraiment, dit-elle en les prenant de ses mains à lui. Ils sont tellement beaux, quel magnifique cadeau !

Cette fois-ci, elle le pensait réellement. Le trio eut un soupir de soulagement, presque de concert, et l'atmosphère se détendit visiblement. *Quelle belle personne, généreuse et si attentionnée dans sa façon de l'approcher !* Il eut enfin un sourire de satisfaction et prit congé d'eux en leur disant :

— Le vent et la marée sont favorables, pendant que vous travaillerez de votre côté, je vais aller ramasser mes casiers !

Un rire joyeux l'escorta jusqu'à sa voiture.

13

POÉSIE

Le mois se passa rapidement, sans heurt et dans l'harmonie. Le jour du vernissage de l'exposition consacrée à Argina, le trio arriva peu de temps avant l'heure et Elena resta auprès d'Argina, qui écarquillait les yeux devant ses toiles magnifiquement exposées dans la belle salle. Par choix, elle se tint près d'elle pour l'aider à communiquer avec les visiteurs, très intéressés par sa démarche artistique. À un moment, Nathanael se dirigea vers elle pour visiblement lui parler :

— Savez-vous que je prends goût au concept des fondations ? J'aimerais en créer une seconde, qui aiderait les poètes en mal de reconnaissance, de la même façon que la Fondation Roches aide les artistes débutants. Accepteriez-vous d'y participer activement ?

Il avait beau paraître nonchalant, ses yeux pétillant d'enthousiasme dévoilaient son amusement face à la réaction de son interlocutrice.

— Pourquoi moi ? demanda Elena, qui lui faisait face dans cette nouvelle salle d'exposition.

Au milieu de la foule agitée, elle ne pouvait s'empêcher de lui poser cette question, qui la taraudait.

Et voilà, au lieu de se réjouir et de parler des moyens pour mettre ce projet en place, il fallait qu'elle se remette en cause en premier lieu, comme pour se protéger, peut-être ? se dit-il, intrigué. Il avait lu un article sur les personnes à haute sensibilité, curieux au fur et à mesure de la lecture des similitudes de comportements avec ceux d'Elena : cette façon de s'interroger sur le sens profond d'une situation, comme si elle devait comprendre tous les tenants et aboutissants avant de se faire une opinion et de la donner. Il arrivait maintenant à suivre sa pensée et à la respecter : en fait, elle ciblait tout simplement la base, l'origine de la situation évoquée. Il avait fini par admettre qu'en plus de l'intriguer, cette approche était intéressante.

— Qui êtes-vous ? lui répondit-il dans un demi-sourire.

La même question revenait, suivie de ses innombrables réponses, toutes aussi exactes, toutes aussi partielles. Des réponses qui ne peuvent respirer que si la question est ouverte…

— Ce n'est pas un jeu, reprit-il plus sérieusement, du moins pas un jeu mondain ; c'est une proposition sérieuse. Et d'ailleurs, pourquoi vous et pas un ou une autre ?

Un dernier clin d'œil accompagna cette fin de phrase, ce qui la perturba encore davantage et la laissa songeuse, doutant encore de ce qui venait de se dire. Le temps d'essayer de trouver une réponse cohérente à cette phrase si énigmatique,

Nathanael se détournait déjà, furtivement, pour reprendre son butinage mondain.

Nous n'avons simplement pas le même goût pour le miel que l'on butine, se dit-elle intérieurement, encore perturbée par sa réponse énigmatique.

Un homme, petit et à l'air timide, s'approcha d'elle une heure plus tard alors qu'elle tentait encore de mettre de l'ordre dans ses idées. Il faisait visiblement un effort pour dépasser ses craintes, remettant sans cesse ses lunettes instables sur son nez. En levant les yeux vers elle, il s'adressa avec effort, comme dans un soupir :

— Puis-je vous lire un poème ? lui dit-il à voix basse.

Cette introduction était si directe, si peu conventionnelle qu'Elena lui accorda immédiatement toute son attention et le fixa avec des yeux interrogateurs.

— Je vous en prie, reprit-il en adoptant une voix plus ferme, écoutez-le.

— Oh, je serais si heureuse de l'écouter ! J'aime beaucoup la poésie et l'entendre lue à haute voix, répondit-elle, enchantée de sortir d'un brouhaha confus.

Il sortit un petit carnet noir de la poche intérieure de sa veste élimée, le feuilleta lentement en semblant chercher celui qui serait le plus adapté. Elena adora ce moment suspendu, partagée entre l'attente et le ravissement de vivre ce moment fragile avec cet homme qui lui avait fait confiance et vers qui elle se penchait, dans l'expectative.

— J'aime beaucoup la poésie, vraiment, vous me faites un beau cadeau. Ce serait comme une respiration gratuite et inattendue, le coupa-t-elle.

Il semblait encore à l'écoute de son choix futur, hésitant délicatement.

— S'il vous plaît, lui dit-elle doucement – c'était presque une prière –, je vous en dirai un à mon tour.

Les yeux de l'inconnu se mirent à briller d'amusement, il devenait beau, irradiant une tendresse partagée.

— Vous savez déjà lequel ? s'enquit-il comme pour l'aider à sauter le pas.

Elle opina doucement de la tête, « de peur de le faire s'envoler », n'osant faire éclater cette bulle de magie douce de bonheur : elle était entièrement présente.

Alors, comme plongé dans un songe, il lui récita à voix douce :

Car ma maison sera une maison de lumière.
Posée telle une colombe qui but à la source.
Et son chant fut une prière de louange :
La beauté, un calice
La vérité, un mouvement
Son sourire, transmutation du temps :
Une seconde d'éternité.

— Oh, fit-elle, les larmes aux yeux, vous ne le lisez pas ; est-il dans votre carnet ?

— Le cœur a ses raisons, lui répondit-il dans un sourire timide.

— C'est si beau, si ample, si doux, lui dit-elle gravement.

Elle se trouvait projetée ailleurs, dans un lieu merveilleux, mais elle arriva à reprendre pied dans la réalité pour tenir, à son tour, sa parole.

— À mon tour, dit-elle en fermant les yeux, transportée de gratitude.

Elle oublia le groupe rassemblé et lui récita à son tour une poésie :

Au cœur du vallon enfoui,
La source qui n'a plus d'âge.
Un regard m'a effleurée, léger
Et la vie reprend son ampleur.
Dans un soupir, il a posé son bâton de pèlerin,
Dans un soupir, la terre a gonflé.
Dans le second temps du soupir,
La respiration d'un cœur, de deux soupirs.
Le chant s'est alors élevé :
La source avait murmuré son nom.

Les yeux écarquillés, l'homme avait le regard perdu au loin ; il baissa enfin les yeux vers elle, ouvrit les mains et murmura :

— Et c'est ici que cela fut, je vous suis gratitude.

Une réponse de poète venue du cœur. Il avait les larmes aux yeux et il s'en fallut de peu qu'ils ne tombent dans les bras l'un de l'autre, mais le bruit incessant des bavardages monocordes les tira de leur songe en les ramenant sur terre. En jetant un coup d'œil autour d'elle pour vérifier qu'elle n'avait dérogé à aucune règle sociale encore inconnue d'elle, elle aperçut Nathanael qui les observait de loin, comme s'il ne savait pas s'il devait s'inquiéter ou non.

— Une personne, qui m'a fait promettre le secret, m'a confié que vous présidiez une nouvelle Fondation qui aiderait les jeunes poètes à se faire connaître, à promouvoir les poésies actuelles et anciennes. Écoutez-moi, je vous en prie, j'aimerais tant que vous preniez le temps de lire mes poèmes pour décider si vous accepteriez de m'y intégrer. Je n'ai aucun sens commercial, ni même pratique. Je suis si isolé et démuni… Aidez-moi pour l'amour du mot, au nom de la vérité de la parole.

Émue par cette supplique venue du cœur, Elena sentit que cette Fondation avait tout son sens et qu'elle pouvait être utile à tous les fous chantant leurs rêves.

— Avec joie, je vous accueillerai dans cette Fondation. Il nous faut encore mettre en place sa structure et j'ignore moi-même quels seront les moyens dont je disposerai. Il y a tellement de rêves à concrétiser, de projets à mettre en œuvre. Il nous faudra l'accord du comité, bien sûr, mais s'ils l'acceptent, vous pourriez devenir l'un de nos membres conseillers et nous aider à cette construction collective.

— En quoi donc pourrais-je vous être profitable ? répondit-il, semblant douter de son utilité dans ce projet.

— Écoutez, nous aurons à trouver un éditeur digne de ce nom. Il y aurait aussi tant à faire dans la création de petits livrets de poésie aux jolies couleurs pastel. Des livres ou des dessins joueraient avec les textes, des livres de poèmes que l'on pourrait lire à une classe d'enfants avant de les encourager à écrire à leur tour, chacun aurait une page pour exprimer sa pensée, dans des ateliers créés pour eux dans les écoles, une publication de leurs meilleurs textes, qu'ils montreraient fièrement à leurs parents, un trésor dans leur découverte du monde.

— Que penseriez-vous d'un travail de formulation auprès de jeunes handicapés ? questionna le jeune poète. Ils ont des phrases comme des glaives lumineux transperçant l'obscurité, qui seraient à capter, à tenter de capter. Avec des photos en noir et blanc d'eux, pour accompagner leurs messages.

— Merveilleuse idée ! reprit Elena, se prêtant au jeu avec entrain. Je rêve aussi de livres de poèmes pour tout jeune enfant, pour qu'ils s'endorment doucement, bercés par la sonorité de mots magiciens.

Quelques personnes s'étaient, une nouvelle fois, approchées d'eux, captées sans doute par leur discussion passionnée et joyeuse. Et les écoutaient silencieusement.

— Eh bien, dit un homme au visage sympathique et souriant, quel nom donneriez-vous à cette fondation poétique ? Je serais curieux de le savoir.

Brusquement confuse de l'intérêt que semblait leur porter le petit groupe, Elena les contempla timidement ; ils attendaient sa réponse, sérieusement.

— Serait-il envisageable de proposer une concertation collective au cours de laquelle chacun de ceux qui veulent participer propose un titre de Fondation ? Chaque personne inscrirait son texte sur un papier et le remettrait à cette table, où pourraient siéger ce jeune poète… ? présenta Elena en se tournant vers lui pour qu'il se nomme.

— Pierce Loft, répondit-il, comprenant son intention.

— …et Argina, qui, elle, interviendrait pour la qualité sonore des titres. Car la poésie est aussi sonore, n'est-ce pas ? demanda-t-elle à l'homme qui l'avait questionnée.

— Excellente idée, que, personnellement, j'adopte aussi, répondit l'homme joyeusement. Permettez que je me présente : Joshua Canterbell.

— Elena Lavallée, fit-elle en s'inclinant à son tour devant ce charmant interlocuteur.

Joshua attrapa une petite cuillère qu'il fit tinter contre sa coupe pour demander le silence, qui se fit petit à petit dans la salle. Tous les regards se tournèrent vers lui.

— Mesdames, Messieurs, nous nous proposons de vous faire participer à une joute poétique, comme au temps des troubadours occitans. Celle-ci nous permettra de donner un nom à une nouvelle fondation, qui sera chargée de promouvoir la poésie et les poètes, dans le but de la rendre accessible à un plus grand nombre. Cette fondation serait présidée par un quintet, ici présent : Elena Lavallée, Argina, notre peintre australienne, le poète Pierce Loft, moi-même, Joshua Canterbell, et notre ami à tous, Nathanael, qui sera d'un précieux soutien pour ses qualités connues de manager.

Un rire secoua la salle, conquise.

— Bien sûr, reprit-il, si celui-ci accepte de se joindre à nous. Je dois dire que je me suis senti un peu exclu de la formation de la Fondation des Roches, alors je prends les devants pour faire partie de cette seconde aventure, continua-t-il en lançant un clin d'œil à Nathanael qui s'était rapproché, intrigué, du groupe.

Confuse et désorientée par le tour public que prenait la discussion, Elena baissa la tête pour tenter de dissimuler sa gêne. Pierce Loft, au comble de l'agitation lui aussi, tournait la sienne dans tous les sens, comme pour chercher une sortie en urgence. Sur un discret signe d'assentiment de la part de Nathanael, abasourdi, Joshua poursuivit, rieur :

— Je vous convie, chacun et chacune, si vous le voulez bien, à noter sur un papier que nous allons vous distribuer – clin d'œil cette fois-ci à la fidèle Claire qui ouvrait grand ses yeux –, ainsi qu'un crayon. Vous pourrez aussi vous coopter pour choisir le nom de la future Fondation et inscrire un titre collectif. Les papiers seront déposés dans une boîte sur le bar, anonymes bien sûr. Vous pouvez aussi y inscrire plusieurs noms. Dans une demi-heure, notre quintet les collectera pour les lire à haute voix devant vous et nous en sélectionnerons cinq, qui seront soumis à votre vote à main levée. Ceci vous convient-il ?

Un oui joyeux et joueur répondit à sa question et chacun s'affaira à trouver papier et crayon. Claire s'approcha d'eux en leur confiant de grandes feuilles à découper en quatre :

— Vous ne croyez tout de même pas que je vais faire ce travail toute seule ? dit-elle avec espièglerie. Surtout au rythme où vous créez de nouvelles fondations !

Et le quintet se mit à la découpe des feuilles, tandis que Claire distribuait avec les serveurs les crayons qu'elle avait pu collecter dans le bureau voisin. *Elle était indéniablement un amour d'efficacité et de gentillesse*, se dit Elena en la voyant s'affairer calmement, radieuse. Nathanael, de son côté, surveillait tranquillement ce remue-ménage et entreprit une distribution du matériel nécessaire, tout en disant un mot affable à chaque personne. Puis il revint vers elle et lui demanda si elle avait, elle aussi, un titre à proposer.

— Je me sens si émue, quel merveilleux projet qui pourra se réaliser ; je pourrais en pleurer…

— Surtout, n'en faites rien, répondit-il, imperturbable. Allez vous cacher un moment derrière ce palmier, posez-vous et cherchez plutôt un nom. Je me demande si j'arriverais à le distinguer des autres propositions anonymes, reprit-il avec un demi-sourire, en lui confiant discrètement un petit mouchoir plié dans sa main tremblante.

Elle s'enfuit vite, munie de ce talisman protecteur, et s'assit au calme sous son arbre, un crayon à la main. Elle écrivit des mots au hasard : plume, joie, rire, ombres, pluie, rire de plumes, souffle blanc, danse des ombres, ombres du blanc – quel drôle de mot ! –, songe, plume qui songe, songe de plume – oui, c'était mieux –, rêve, danse de plumes, danse d'ombre. C'était cela : l'ombre sur le blanc, donnant un sens aux errances et au doute. Elena inscrivit ses propositions : *danse d'ombre* et *songe de plumes* et plia en quatre sa feuille, comme le faisaient les autres personnes dans un chuchotis affairé. La joie refaisait surface en elle, bercée par un bruit de murmures concentrés ; elle ne s'ennuyait plus. Saurait-elle reconnaître le choix de Nathanael, ou celui de Pierce ? C'était un second jeu dans le premier jeu. Nathanael avait eu raison de le suggérer. *Quel merveilleux moment !* pensa-t-elle en déposant son bulletin dans le carton que tenait Claire. Une voix, comme répondant à son questionnement, retentit, celle de Joshua :

— Vous avez le droit de déposer plusieurs suggestions. Il nous reste cinq minutes avant la clôture du dépôt !

La fébrilité gagna la salle entière ! Elena, qui avait observé les serveurs murmurer entre eux des suggestions enthousiastes de titres, s'approcha discrètement de Claire.

— Pouvons-nous distribuer papier et crayon aux personnes de service ? Ils semblent se prendre au jeu !

Claire opina joyeusement de la tête.

— C'est une bonne idée, je vais le faire : tenez le carton en attendant !

Et elle alla vers eux leur proposer de jouer s'ils le désiraient. Le carton se remplissait de gouttes d'espoir et de rêves. Même si cette Fondation se révélait fumeuse et ne voyait finalement pas le jour, elle aurait été l'occasion d'une merveilleuse soirée. Argina vint vers elle, car elle cherchait la raison expliquant les chuchotements fiévreux autour de papiers. Elena, choquée de la voir sans son traducteur pour l'assister, le fit appeler pour qu'il traduise ce qui était en train de se passer et le rôle qu'aurait Argina à jouer. Celui-ci fit en maugréant la traduction et, au fur et à mesure, Argina ouvrait de grands yeux et s'agitait dans un mouvement excité. Elena lui tendit papier et crayon en lui disant que ses mots seraient traduits, ainsi elle participerait à la joute. L'aborigène s'accroupit près d'elle sous le palmier et entra dans un songe méditatif. À son tour, Nathanael vint déposer son papier plié en quatre dans le carton :

— Ne trichez pas pour deviner ! lui dit-il en la taquinant.

En apercevant les serveurs fébriles, un crayon à la main, il la questionna, étonné :

— Vous avez intégré le personnel au concours ?

— C'est une Fondation pour la terre entière, n'est-il pas ? lui répondit-elle avec un petit sourire, inquiète brusquement de sa réaction.

Il éclata de rire et repartit vers les différents groupes en conciliabule. Soulagée de le voir conciliant, elle reprit plus sereinement son activité. Argina, à ses côtés, dessinait sur son papier un croquis supposé refléter le titre qu'elle avait choisi. Et s'il suffisait de la volonté de créer, d'un cri assoiffé d'amour, de l'appel du bruit de la vie courant tel un ruisseau ? En somme, et s'il suffisait d'un regard ?

On installa une grande table sur des tréteaux et cinq chaises posées derrière. La salle fut équipée de chaises pour permettre aux participants d'assister confortablement aux délibérations.

Elena vint timidement vers Nathanael et lui toucha légèrement le bras.

— Oui ? dit-il, en contrôlant du regard le déroulement de l'installation.

— Serait-il possible d'ajouter une autre chaise pour Mutray, afin qu'il traduise à Argina les propositions de noms ? Elle a dessiné sa proposition et c'est tellement beau que cela pourrait devenir le logo de cette Fondation, si vous êtes d'accord, bien sûr. Elle pourrait devenir un membre d'honneur du comité futur. Il faudrait alors un rétroprojecteur pour que l'assistance puisse voir son dessin et donner son accord. Une poésie s'écoute, une autre se lit.

Il réfléchit un moment et sembla amusé, le regard toujours lointain :

— Je vais faire le nécessaire, je vous suis sur cette initiative.

— Merci, eut-elle à peine le temps de dire avant qu'il ne s'éloigne.

Qu'avait-il ? L'avait-il seulement entendue le remercier ?

Lorsque le temps imparti arriva à son terme, Joshua reprit la parole gaiement en faisant tinter à nouveau son verre et expliqua la suite du déroulement des opérations : les titres allaient être lus un par un, puis projetés sur écran pour que la salle les voie bien et pour que les sourds puissent les entendre, dit-il en souriant ! La salle pouffa, ravie. Soulagée d'avoir été si bien écoutée, Elena se rapprocha de son siège derrière la table : elle présidait réellement une table d'orateurs ! C'était si invraisemblable ! S'apercevant du regard effaré de Pierce, elle tenta de rassurer d'un sourire encourageant celui qui tirait maladroitement sur sa veste pour se donner une contenance.

Intérieurement, elle se promit de lui faire réciter en public son poème et lui demanda en chuchotant de bien vouloir le lui écrire sur un papier qui était resté vierge.

— Notre premier poème ! lui dit-elle en souriant quand il le lui remit.

Ce fut un enchantement de mots, de vie, de rêves : chaque titre sonnait justement, représentant un rêve qui se joignait au rêve commun d'une Fondation ; des gouttes d'eau se regroupant pour créer un chant, le chant de cet aujourd'hui ensemble et partagé.

La salle parfois applaudissait, silencieuse et concentrée, toute vouée à ce moment. Parfois, des rires à certains titres ou des murmures appréciateurs ponctuaient la lecture de certains titres. Chacun avait été numéroté pour la suite des événements. Puis surgit le dessin du rêve d'Argina : un « Oh… » ému surgit de la salle quand le mot d'Argina fut traduit : plume. Elena, émue aux larmes, vit cette plume s'envoler en imagination.

Une plume pour écrire
Une plume pour voler
Une plume pour remercier la terre.

Elle sentit son cœur vibrer quand elle entendit la proposition suivante : *Rire du monde*.

La force du rire, du monde de l'oiseau planant : elle savait déjà qu'elle le choisirait parmi les cinq choix qu'ils auraient à faire avant de passer au vote collectif, ce numéro dix-sept.

La conscience du merveilleux, alliée à la puissance du rêve.

Intérieurement, elle décida de proposer au comité que le premier livret soit constitué du rassemblement de ces mots lus à haute voix. Ces mots, telles des bouteilles à la mer cherchant leur destinataire, posés tels des coquillages sur un rivage assoupi. Argina accepterait sûrement de l'illustrer à sa façon, mais, avant de l'annoncer publiquement, elle se devait de le proposer au quintet. Le livre pourrait s'intituler : *Rire du monde*. Elle le désirait follement, pour montrer sa gratitude à l'élan collectif de création et l'imaginait déjà en devanture de librairie. Peut-être pourrait-on écrire avec ces mots un conte pour enfants en les intégrant dans une histoire simple et farfelue. Et Pierce pourrait publier ses poèmes. Elle avait déjà quasiment trois livres de faits, virtuellement, en germe !

Son esprit se berçait au rythme de l'énoncé des titres et Elena réussit à en choisir cinq, cinq numéros, dont le sien, bien sûr ! Avec quelle hâte elle attendait de connaître le choix de Nathanael, et ceux de Pierce et d'Argina : quel merveilleux jeu ! Elle avait, par défi, écrit ses propositions de titres en majuscule pour tromper le sagace Nathanael et faillit éclater de rire quand elle s'aperçut que seules deux propositions étaient écrites en majuscule : ils s'étaient tout simplement dévoilés !

Ils se retirèrent dans le bureau voisin pour comparer leurs premiers choix. Ils les discutèrent paisiblement, les soupesèrent, moyennant arguments et contre-arguments. Elle aurait voulu prolonger ce moment de paroles, dans lequel chacun s'exposait en confiance devant le regard de l'autre. Argina participait activement au débat. Elena avait placé Mutray à ses côtés pour mieux lui donner de discrets coups dans les mollets quand il oubliait de traduire. Argina comprit son manège et lui lança un regard reconnaissant et espiègle. Ils finirent par s'accorder sur cinq choix et les proposèrent à la salle qui put voter à son tour.

Le titre qui remporterait le plus de voix serait choisi comme futur titre de la Fondation. Ce fut difficile : le *Rire du monde* côtoya souvent la *Danse de l'ombre*, mais ce fut le *Rire du monde* qui l'emporta finalement, à une voix près, au milieu des éclats de rire. Elena avait voté à main levée comme les autres, pour le *Rire du monde*. Nathanael en resta abasourdi et tenta de cacher sa confusion ; lui, le chargé d'affaires, promu par vote comme meilleur poète ! Le sourire d'Elena en le regardant valait tous les rires du monde… Elle avait deviné !

— Et pour le dessin d'Argina ? demanda-t-il au groupe en prenant un air faussement innocent.

Elena prit alors la parole pour demander au quintet s'il leur paraissait judicieux d'adopter le dessin d'Argina comme logo pour la Fondation. Chacun approuva chaleureusement cette proposition et un sourire éblouissant d'Argina répondit à la demande de Nathanael de bien vouloir donner sa marque personnelle à la Fondation. Le groupe pria Elena d'annoncer publiquement le résultat du vote et Joshua fit tinter à nouveau son verre pour demander un dernier moment d'écoute.

— Si ce verre ne finit pas par se casser avant la fin de la soirée, je demanderai à le conserver en souvenir de cette soirée mémorable, dit-il tout bas en regardant Nathanael d'un air taquin.

Celui-ci fit semblant de ne pas l'avoir entendu.

— Nous vous invitons à écouter Elena Lavallée, la présidente de cette nouvelle Fondation, vous annoncer le titre retenu. Bien sûr, l'anonymat a été respecté.

Nouveau sourire taquin vers Nathanael.

Joshua invita Elena à se lever. *Par tous les saints, se plonger dans une eau glacée aurait été plus facile !* se dit-elle intérieurement. Nathanael la poussa du coude à son tour, narquois.

— Qu'allez-vous encore inventer, cette fois-ci ?

Elena, piquée par sa remarque, trouva le courage de se lever.

— Au nom du groupe ici réuni et de notre future Fondation, nous tenons à vous remercier chaleureusement pour votre participation à tous.

Elle vit Claire un peu plus loin approuver de la tête sa première phrase. *Merci, Claire*, se dit-elle intérieurement.

— Les propositions étaient si belles, autant les unes que les autres, que nous nous proposons *(regard inquiet vers Nathanael qui riait déjà)* de les collecter dans notre premier livret. Chaque proposition a donné une couleur particulière à cette nouvelle Fondation qui s'appellera… *Rire du monde* ! Nous sommes heureux de vous savoir parmi nous pour le baptême de cette aventure ; vous en serez, en quelque sorte, les parrains et pour vous en remercier, nous proposons de faire parvenir à chacun d'entre vous le premier livret où seront consignées toutes vos belles suggestions.

Nouveau regard inquiet vers Nathanael. Elle lui chuchota à voix basse qu'elle prendrait financièrement en charge cette démarche, Nathanael acquiesça en silence.

— Pour clore ce message, nous avons choisi comme logo, avec l'accord de notre invitée d'honneur, Argina, son dessin inscrit sur son bulletin de vote.

Le dessin fut à nouveau projeté et les applaudissements fusèrent.

— Me permettez-vous enfin de vous lire un poème composé aujourd'hui, il me semble, par le poète ici présent, Pierce…

Celui-ci, effaré, n'eut pas le temps de l'interrompre que déjà Elena reprenait la parole :

— Il était une fois… non, je plaisante ! *Car ma maison est une maison de lumière…*

Et elle relut le poème de Pierce en égrenant ses mots d'espérance jusqu'aux mots de la fin du poème : une seconde d'éternité.

Et cette fois, la seconde d'éternité s'empara de la salle, telle une glissade silencieuse au ralenti. Un sursaut finit par la secouer et les applaudissements éclatèrent. Joshua, abasourdi, échangea un regard avec un Nathanael plongé dans ses pensées. Celui-ci opina brièvement de la tête, Joshua allait devoir, lui aussi, s'adapter à ce phénomène. *Bien fait*, se réjouit intérieurement un Nathanael dépassé de nouveau par cette vague elenesque.

— Bien, nous sommes conscients d'avoir pris beaucoup de votre temps, alors que vous veniez admirer les talents prometteurs d'Argina, et nous vous prions de bien vouloir nous en excuser. Nous ferons parvenir le livret, une fois publié, à chacun de ceux qui laisseront leurs coordonnées à l'un d'entre nous.

Le public applaudit gentiment et retourna vers les peintures exposées. La Fondation était maintenant déjà solidement ancrée. Les serveurs vinrent les remercier, discrètement et en souriant, de leur avoir permis de participer à ce jeu.

— Bien joué, petit oiseau, glissa Nathanael à l'oreille d'Elena, en passant près d'elle.

Le monde pouvait mourir, j'y aurais survécu, pensa-t-elle intérieurement.

— Je veux maintenant lire votre poème, reprit froidement Nathanael. Pierce m'a dit que vous lui en aviez lu un, vous aussi. De qui est-il donc ?

— Secret défense, répondit-elle, j'utilise ma carte joker !

Tellement d'émotions contradictoires faisaient tanguer son bateau intérieur.

— Vous me le lirez un jour, voulez-vous ? dit-il en la voyant si agitée, et il s'éloigna tranquillement.

Son pas énergique dénotait une contrariété qui intrigua Elena.

14

CONSEIL

L'exposition d'Argina s'était révélée un succès pour son amie, qui avait encore du mal à réaliser qu'elle devenait une peintre reconnue. Elle avait fait un discours à la fin de l'exposition, dans lequel elle s'était adressée à tous les invités, aidée par Mutray. Elena regrettait de n'avoir pu y assister, mais, après avoir confié à Nathanael, le message de prudence d'Argina, celui-ci s'était formellement opposé à ce qu'elle prenne un risque supplémentaire en restant davantage. Il lui promit d'enregistrer son discours et de le lui faire parvenir.

— Je ne suis pas et ne veux pas devenir une peintre professionnelle, avait déclaré Argina. Ce qui me tenait à cœur était de vous donner un aperçu de la façon dont nous révérons nos ancêtres qui nous ont donné notre identité. Je voulais que vous puissiez mieux comprendre ce que nous sommes et pourquoi nous savons que nous devons rester nous-mêmes.

Son discours avait été vivement applaudi par les visiteurs. Elena, en l'écoutant, émue, comprit la qualité humaine de son amie. Savoir rester humble et fière en même temps relevait d'une grande maturité : ils avaient beaucoup à apprendre à son contact.

Nathanael avait décidé qu'Argina resterait encore un peu à Dortmur, le temps de se remettre de ses émotions et de l'aider sur place à gérer son avenir. Elena avait accepté d'y retourner pour préparer à son tour sa future exposition. La situation n'était pas encore stabilisée et Nathanael lui avait confié que l'enquête avançait malgré tout. Harry était reparti en Australie collecter en personne les contes aborigènes.

Sur sa demande, Elena revint néanmoins en ville pour assister au premier comité de la Fondation Rire du monde. C'était avec un peu d'appréhension qu'elle retrouva le chemin vers la grande salle de réunion : comment avait-elle pu prendre individuellement la décision de faire parvenir ce carnet à tous les participants, et même, d'en faire un carnet, sans en avoir discuté avant avec tous les membres ? Aurait-elle un jour acquis les bonnes manières de se comporter collectivement et non en individualiste qui crée seule son chemin, sans faire participer les personnes concernées ? Quand elle arriva dans la salle, préoccupée par ses pensées, elle retrouva le comité rassemblé, dans une bonne ambiance décontractée. Même Pierce semblait avoir repris un peu d'assurance : il plaisantait avec Joshua et semblait à l'aise dans ce nouveau groupe. Pourquoi n'y arriverait-elle pas, en fin de compte ?

— Bonjour, Elena, et bienvenue à ce premier comité poétique ! l'apostropha Joshua, amical. Nous sommes heureux de vous voir. Comment allez-vous ? Nous brûlons d'impatience de mettre en place les structures qui permettront de réaliser les rêves de chacun d'entre nous !

Clin d'œil malicieux à Nathanael qui restait distant et qui lança un regard réprobateur à Joshua. Elena le remercia de son accueil et, après un rapide sourire à chacun, s'assit à la place qui était restée vide.

— Je voulais vous demander, avant que la séance commence, de bien vouloir excuser ma proposition personnelle d'éditer un livret contenant les propositions de l'auditoire. Je ne vous avais pas proposé l'idée avant et je ne voudrais pas que vous pensiez que j'agis seule et sans accord du comité. C'est pourquoi j'aimerais financer ce premier livret, puisqu'il s'agit d'une décision personnelle. J'y tiens beaucoup pour clarifier ma position.

Claire était présente pour prendre les notes du procès-verbal de la réunion : elle lui adressa un gentil sourire d'approbation. Il y eut une bruyante et chaleureuse protestation du groupe qui vota immédiatement à main levée le soutien à l'initiative d'Elena.

— Ce projet est une bonne idée, conclut Joshua, conciliant. Nous ne pouvions pas nous concerter sur cette proposition dans le feu de l'action. Ce projet sera un projet commun et je me réjouis de lire ce livret et de voir comment vous agencerez les diverses propositions : certaines étaient vraiment trop amusantes !

Et voilà qu'elle était désignée pour le rédiger ! Cette reconnaissance tacite de ses compétences lui fit chaud au cœur. Encore un défi à relever, mais un joli défi, dans la confiance et la joie. Elena, émue, leur adressa un grand sourire affectueux : ils étaient devenus sa nouvelle famille.

Vinrent les propositions de chacun, toutes aussi passionnantes les unes que les autres. Pierce prit son courage à deux mains pour présenter son projet de travail poétique avec des personnes handicapées, suggérant aussi d'y adjoindre quelques portraits des protagonistes. Son projet remporta l'adhésion enthousiaste du comité.

— Je peux me charger de la recherche d'un éditeur de qualité, annonça Joshua. Comment verriez-vous le format et la taille de ces livrets ? lança-t-il à la salle, interrogateur.

— Je voudrais vous montrer un exemplaire de cahiers que je trouve très beaux, intervint Elena, rouge de confusion.

Et elle leur montra un des carnets vierges de couleur pastel que lui avait offerts Nathanael. Celui-ci fut surpris par sa proposition, mais il sembla également touché qu'elle le fasse intervenir dans le choix artistique de la collection. Bien sûr, elle ne dit pas qui était à l'origine de ce carnet, ce qui sembla le rassurer.

— Je l'ai trouvé dans une papeterie de la ville, mais je serais bien incapable de vous dire qui l'a édité…

— Je peux me charger de retrouver qui est à l'origine de cette édition, répondit négligemment Nathanael. J'approuve de mon côté cette proposition.

Le groupe approuva également. Les décisions se prenaient rapidement et harmonieusement : chacun avait déjà un travail à accomplir de son côté pour faire évoluer la Fondation.

— Puisque nous avons déjà un superbe logo, intervint Joshua, je demanderai à l'éditeur plusieurs propositions pour l'insérer dans nos carnets. Il nous fera également plusieurs propositions de police et nous déciderons ensemble quelle forme nous voulons donner aux livrets, reprit Joshua, joyeux et confiant.

Elena lui prêta à regret son exemplaire pour qu'il puisse le montrer à l'éditeur.

Nathanael, qui avait entendu Elena parler de son rêve d'aller dans les écoles et organiser des ateliers de poésie, soumit l'idée que des carnets soient consacrés aux écoles qui souhaitaient aider de jeunes enfants à écrire de la poésie. Un des leurs pourrait intervenir dans les écoles demandeuses et un carnet, une fois réalisé, serait offert à chacun des participants. Elena le regarda avec reconnaissance : ainsi, il avait dû l'entendre en parler et la soutenait également dans ce projet. La salle accepta également ce projet avec satisfaction, pendant que Claire s'escrimait sur sa feuille pour noter toutes les propositions acceptées : cela était tellement différent des réunions professionnelles où chacun défendait sa position comme si son pouvoir ou sa vie en dépendaient ! Les propositions fusaient à un rythme soutenu et sans opposition.

Puis Nathanael prit la parole pour expliquer comment seraient organisés les financements futurs. Certains visiteurs de la galerie avaient été enchantés de cette expérience collective poétique et avaient déjà versé des donations généreuses à la Fondation. D'autres demandaient si, en échange, la Fondation pourrait organiser une joute poétique semblable au cours d'une de leurs réceptions : cela permettrait de financer Rire du monde, sans que d'autres fonds soient nécessaires.

— Comme quoi, votre happening poétique a fait des émules, dit-il, amusé, à Elena. Il semble que vous allez devoir assister à de nombreuses réceptions mondaines !

Il y eut un rire communicatif qui secoua la salle : ils avaient ainsi compris ses difficultés ! Rouge de confusion, Elena commença par baisser la tête, puis se joignit de bon cœur à cette plaisanterie qui montrait qu'elle avait été admise telle qu'elle était dans le groupe. Une vague d'affection emplit son cœur et elle dut rester un moment silencieuse, le temps d'intégrer ce nouveau sentiment d'appartenance.

— Puisque c'est ainsi, répondit-elle, encore un peu contrariée, je demanderai aux autres personnes du comité de participer avec moi à cette œuvre de charité !

Cette fois-ci, le rire fut général, même Claire devait sécher ses larmes de fou rire.

Ils étaient reconnaissants à Nathanael pour son intervention efficace sur l'organisation administrative et financière de la Fondation. Ses propositions furent accueillies avec soulagement par le reste du comité, peu familiarisé à cette dimension pratique.

Un petit lunch détendu suivit la réunion, qui fut l'occasion d'échanges fructueux. Même Pierce avait les yeux brillant d'excitation, à tel point qu'il en venait à oublier sa timidité foncière.

Claire s'adressa à lui pour lui demander s'il pourrait lire un de ses poèmes. Celui-ci commença par refuser, cramoisi, mais ils insistèrent si gentiment qu'il prit une inspiration profonde et se recueillit. Le groupe se tenait prêt à l'écouter respectueusement, mais certains étaient ravis de cette occasion pour découvrir ses talents de poète.

Elle n'est pas humaine,
Juste mon amie.
Les humains ne sont pas nos amis.
Un silence guide ses pas
Et la splendeur chante son nom.
Elle n'est pas humaine,
En elle, je peux enfin respirer.

Son immobilité immense,
Une absence folle
Douceur à la tombée du soir.
Elle n'est pas humaine, grâce à Dieu
Suprahumaine et infinie
Sans pitié, elle est mon amie.

Certains l'ont captée,
Ils ne sont pourtant pas mes amis.
Juste un peu de place que je leur laisse,
Au bord de la falaise à pic.

Un temps de silence accueillit sa déclamation, vite suivi d'applaudissements joyeux pour se ressaisir de l'émotion laissée dans leur esprit. Nathanael, qui semblait être ailleurs, prit rapidement congé et le groupe se dispersa, après avoir fixé une seconde date de réunion avec Claire. Elena, encore remuée par cette poésie, reprit le chemin de Dortmur où l'attendaient Argina et Mutray : c'était à son tour de montrer ce dont elle était capable. Elle adorait ses nouveaux amis, même si elle se demandait encore ce qu'ils pouvaient apprécier en elle. Le fait d'avoir été adoptée par eux si simplement lui semblait relever du miracle. Adoptée, protégée, écoutée : elle se sentait prête à déployer toutes ses forces pour faire avancer ces deux nouveaux projets si porteurs de vie et d'avenir.

15

SILENCE DES CHAMPS

Quelques jours plus tard, alors qu'Elena s'était attelée avec détermination à son travail de peinture, Nathanael l'appela sur le téléphone fixe de la maison. C'était un Nathanael surexcité qui lui demanda si elle avait déjà entendu parler des *crop circles*.

— Oui, bien sûr, cela me fascine, répondit-elle, curieuse de sa question.

Un copain d'enfance, qui était agriculteur dans les environs, venait de l'appeler pour lui en signaler un dans un des champs qu'il cultivait. Il venait de le découvrir cet après-midi et lui proposait de venir dès le lendemain tôt pour le voir, avant que des groupes viennent à leur tour, comme cela arrivait souvent, et créent des attroupements. Ce copain ne se plaignait d'ailleurs pas de ces visites, car il était fier que cela se fasse sur ses champs ; d'ailleurs, ces groupes lui offraient une somme qui contrebalançait la perte que cela pouvait occasionner, il fallait le reconnaître.

— Cela se passe tout près de la maison, m'a dit l'agriculteur.

Elena pouvait sentir au ton de sa voix qu'il brûlait d'impatience de les voir.

— Voulez-vous que je passe vous chercher demain matin aux aurores, disons à cinq heures, pour aller les découvrir ? J'aimerais beaucoup observer la réaction d'Argina devant ce phénomène, j'ai entendu dire qu'il y avait de tels phénomènes même en Afrique et donc peut-être qu'ils en connaissent aussi en Australie et qu'ils en ont une autre explication. Pouvez-vous la convaincre de venir ? Avec son traducteur, bien sûr ! J'arriverai tard ce soir et dormirai au manoir avant de passer tous vous prendre. Ah oui, dernière précision, ne parlez à personne d'autre de ce rendez-vous, je vous en prie, c'est important.

Et il raccrocha, fidèle à son image ; un message court, précis et porteur d'une perspective enthousiasmante, le tout dit d'un ton calme et décidé. Elena sentait qu'elle lui faisait de plus en plus confiance et attendait maintenant avec impatience ses venues parmi eux. Il était devenu un véritable ami.

Ravie à l'idée de ce programme, elle courut en parler à Argina. Dieu sait ce qu'elle comprit des tentatives de mimes d'un *crop circle*, ce qui était, il fallait le reconnaître, une tâche impossible ! Expliquer un tel phénomène relevait du défi pour une personne utilisant correctement les mots, le décrire avec les mains relevait de l'exploit ! Comment arriver à lui décrire le phénomène qui se produisait dans un champ ? Du jour au lendemain, ce champ se retrouvait couvert de motifs géométriques parfois seulement visibles depuis un avion. Les motifs étaient soigneusement créés par différents types de tressage des tiges de blé : soit des pliages multiples, soit des nœuds, mais qui ne cassaient jamais la tige de blé. En fait, c'était un travail impossible à réaliser en quelques heures et pourtant, cela survenait brusquement, sans que personne n'ait jamais vu un groupe d'hommes qui aurait été nécessaire pour réaliser un tel travail. Certains même avaient tenté de reconstituer un tel motif dans un autre champ, sans jamais réussir à respecter les proportions parfaites du *crop circle* modèle. D'autres personnes tentaient à leur façon de décrypter les messages inscrits, mais nul n'avait réussi à découvrir l'origine de ces motifs.

Pourtant, Argina battit des mains à cette annonce, peut-être était-ce seulement la joie de voir son amie se ridiculiser en essayant de mimer une soucoupe volante ! Elena leur montra ensuite sur Internet les différents *crop circles* vus du ciel qui avaient déjà été répertoriés. Effectivement, elle retrouva des informations qui – en dehors des thèses contradictoires, allant d'un canular d'origine humaine à des traces laissées par des soucoupes volantes – montraient que ce phénomène avait vu le jour dans la seconde moitié du XXe siècle dans certains pays anglo-saxons, comme justement l'Australie et le Canada, avant de se développer en Angleterre dans les années 90, puis d'arriver en France depuis quelques années. Pour mieux se faire comprendre d'Argina, Elena eut l'idée de dessiner ceux découverts en Australie, parmi les premiers, mais ne trouva pas de stylos. Elle en chercha un sans succès sur le bureau, quand Mutray en sortit un de sa poche pour le lui tendre. Elena le remercia d'un sourire et s'en saisit, tout entière dans le dessin qu'elle voulait faire, quand elle s'aperçut d'un détail qui la perturba, sans exactement savoir pourquoi. Ce stylo portait un logo et Elena se demanda quelle entreprise étrangère avait bien pu donner un stylo à Mutray, isolés comme ils l'étaient. Elle l'examina mieux et le logo, rouge sur fond noir, lui sembla familier. Elle allait lui en demander l'origine quand Mutray, suivant son regard, lui arracha presque le crayon des mains pour le remettre rapidement dans sa poche. Il semblait vraiment mécontent et elle n'eut pas le temps de le questionner, car il quitta brusquement le duo en bougonnant quelques mots inintelligibles. Qu'est-ce que ce logo pouvait bien être ? Elle se promit de questionner Nathanael quand elle le reverrait. Ce Mutray restait un mystère. Décidément !

Elle rêvait depuis longtemps de visiter un *crop circle* et en avait presque fait le deuil, et voilà que cela se présentait à elle, aussi soudainement et simplement que le jour se lève après la nuit !

Non, vraiment, la vie pouvait être étonnante !

Ne pas avoir à craindre la réaction d'un fermier, ne pas avoir à attendre, déçus, au bord d'un champ quand les *crop circles* n'apparaissaient pas, comme cela était déjà arrivé à des connaissances qui avaient fait un long voyage pour venir les voir : c'était une occasion exceptionnelle à ne pas rater.

Et ne pas être bousculée par une foule et son bruit de bavardage superficiel ! Goûter seulement un moment de beauté inouïe, ce cadeau déposé dans les blés sous forme de tiges de blé coudées dans différentes directions, de telle sorte que cela crée un motif global – un message, disaient certains.

Au matin, une voiture se gara devant leur maison à l'heure dite, Nathanael au volant.

— Entrez, installez-vous, leur dit-il, la fenêtre ouverte. Bien, vous avez réussi à attirer le traducteur, un bon point ! Dommage que ma mère n'ait pas voulu nous accompagner.

— Votre mère est cette personne qui possède le domaine ? le questionna Elena qui avait pris place à côté du conducteur.

— Oui, en quelque sorte, répliqua-t-il brièvement. Vous l'avez rencontrée ?

— Euh, oui, d'une certaine manière, mais elle a décliné mon invitation à partager une tasse de thé quand nous nous sommes croisées dans la petite cour, le jour où elle nous a rendu visite. Je ne la connais donc que très peu, seulement de vue.

Autant ne pas évoquer devant Nathanael le dialogue désagréable qui avait accompagné cette rapide entrevue.

— Ah, ça ne m'étonne pas d'elle, elle a gardé des façons, disons, un peu protocolaires et une présentation, pour elle, devrait être faite en bonne et due forme ; nous différons sur ce point, rassurez-vous, dit-il en lui souriant, tout en conduisant tranquillement sur une petite route de campagne ravissante, qui commençait à prendre les couleurs rosées de l'aube naissante. Je vous inviterai tous les trois à venir dîner avec nous et elle apprendra à vous apprécier tous, j'en suis persuadé.

Elena en doutait sérieusement, mais s'abstint de donner son avis négatif. Si un effort devait être fait, elle le ferait, ne serait-ce que pour Nathanael. De penser à l'avance à la corvée d'une tenue correcte et de la façon adéquate de se tenir à table lui donnait déjà la nausée.

Une seconde voiture les suivait discrètement.

En voyant son regard interrogateur, Nathanael la rassura :

— Pas d'inquiétude, ce sont des agents de sécurité. Je me suis arrangé pour que personne ne sache ce que nous allons faire, mais deux précautions valent mieux qu'une, sauf si, bien sûr…

Les souvenirs de peur et d'angoisse refirent surface en Elena. Ils continuaient à être en danger, même à la campagne. Allait-elle se terrer jusqu'à la fin de sa vie et ne pas pouvoir goûter à ce que la vie avait de féerique à montrer ? Non, ce n'était pas négociable.

Mais il ne poursuivit pas sa phrase à voix haute, son front se barra de petites rides de contrariété.

Ils s'arrêtèrent le long d'un grand champ de blé où un homme jovial les attendait en souriant. Il donna une accolade chaleureuse à Nathanael qui semblait ici aussi à l'aise que dans un salon guindé et fit rapidement les présentations.

Le groupe se faufila ensuite avec précaution entre deux rangées alignées de blés déjà hauts et ils débouchèrent sur une surface doucement aplanie.

Le silence régnait, le soleil se leva en éclairant délicatement ce moment de magie pure. Le champ était comme sculpté dans les blés et offrait un spectacle saisissant de beauté. Comme si l'air parfumé se mettait à vibrer au diapason des variations subtiles des reflets dans les blés rayonnants. Argina s'avança seule, ses pieds comme dansant avec subtilité parmi les motifs. Elle se mit à chanter spontanément tout en décrivant des cercles.

Le fermier ébahi la regardait faire ainsi que tout le groupe, saisi d'une émotion quasi religieuse.

Le traducteur se tenait immobile et maussade, ses yeux perçants scrutant le paysage avec attention. Nathanael et son vieux copain finirent par deviser tranquillement sur le côté du champ, au bord de la lisière, avec les hautes tiges non pliées.

Enfin, un peu de simplicité calme et apaisée, pensa intérieurement Elena.

Elle ne put s'empêcher de s'asseoir un peu à l'écart du groupe, encore sous le coup de l'émotion, puis de méditer pour tenter de capter mieux ces vibrations, tant l'atmosphère s'y prêtait. C'était si bon de se laisser porter par cette énergie extraordinaire, s'y baigner entièrement.

Après un instant de totale complétude, elle se releva, et, au moment où elle se penchait brusquement pour ramasser un objet qui semblait luire au sol, un silex sans doute, elle n'eut que le temps d'entendre un sifflement inattendu tout près de son oreille gauche. Un sifflement qui lui rappelait celui sur la terrasse des Lilas. Non, ce n'était pas possible, une balle, une vraie balle venait d'être tirée dans ce havre de paix ? Elle s'aplatit au sol, le temps de sentir un second souffle tout près d'elle et une sensation de brûlure aiguë dans le bras.

Tétanisée, elle fut incapable de bouger la tête pour regarder autour d'elle : elle n'arrivait pas à croire à ce qui était en train de se passer. Son oreille gauche la lançait et elle y mit la main pour comprendre ce qui se passait. Sa main était tachée de sang, alors elle hurla de terreur et mit sa tête entre ses mains. La douleur dans le bras la transperçait, ce qui ne l'empêcha pas de ramper vers les hauts blés pour se terrer. Elle avait toujours fui toutes les sortes de formes agressives de communication, pensant qu'elles étaient possiblement en partie méritées, mais totalement contre-productives, et, de nouveau, elle se demanda ce qu'elle avait bien pu faire pour déclencher une telle haine. Peut-être ne le saurait-elle jamais.

Il y eut une seconde de stupeur, puis un branle-bas de combat, des cris et des bruits de pas courant en tous sens. Elena entendit Nathanael hurler des ordres brefs.

Elle ne voulait rien voir ni entendre, l'horreur avait saccagé ce moment de beauté infinie. Son cœur battait si fort qu'il masquait ses autres perceptions, désormais émoussées. Le tueur n'allait pas s'arrêter là, il devait être en train de la chercher énergiquement avant que les gardes de Nathanael n'interviennent, pour profiter de l'effet surprise.

Elle n'arrivait plus à bouger tellement elle souffrait, ne savait pas si les autres avaient été blessés ou pire et ne réalisait toujours pas ce qui se passait. Allait-elle passer le reste de sa vie à vivre dans la peur ?

Certains hommes voulaient détruire ce qui était beau sur terre : ce champ de *crop circles*, la grâce de ce moment partagé entre amis, la quiétude du lieu et peut-être même, en ce moment, Nathanael et Argina. La pensée de leurs deux corps, allongés sans vie au sol, la fit frémir d'horreur. C'était tout ce qu'ils étaient en train de mettre en place qui était en jeu : la Fondation des Roches qui aurait pu aider tant de jeunes artistes débutants, la Fondation Rire du monde, avec les espoirs qu'elle avait suscités chez les poètes rêvant d'être reconnus.

Ce monde était-il devenu fou ? Qu'ils la tuent une bonne fois pour toutes ! C'était insensé. Ils étaient bien plus puissants qu'elle et elle allait sûrement mourir. Ses compagnons seraient alors en sécurité, elle était dangereuse quoi qu'elle fasse, à soulever les pans cachés d'un voile masquant des réalités moins brillantes qu'elles ne le laissaient paraître. Elle n'entendait plus un bruit, Nathanael et Argina avaient-ils été exécutés à leur tour, comme elle le redoutait ? Avant qu'elle ait eu le temps de se redresser un peu pour les apercevoir, elle perçut un bruit de galopade tout proche de sa cachette : ce ne pouvait être que les assaillants qui venaient de la débusquer ! Prenant son courage à deux mains, elle se redressa pour tenter de mieux se cacher, quand elle comprit que les pas appartenaient bien aux agresseurs, mais que c'était plutôt des halètements et des bruits de course, comme s'ils étaient en fuite. De toute façon, les pas se dirigeaient vers sa cachette : perdue pour perdue, elle ne leur faciliterait pas leur fuite et elle se sentait prête à leur barrer la route. Deux longues jambes courant dans la précipitation firent irruption dans son champ de vision. Prenant sur elle pour ne pas faire de bruit, elle souleva comme elle put d'un geste sec et rapide sa jambe droite pour les faire culbuter, advienne que pourra. Un homme s'écroula à ses côtés, complètement abasourdi.

C'est à ce moment qu'elle s'évanouit, terrassée par la peur et la souffrance.

Ce furent des secousses répétées qui la tirèrent de la seule paix qu'elle avait trouvée. Elle ne voulait pas se réveiller, mais les secousses reprirent de plus belle et elle dut ouvrir les yeux à contrecœur, criant de douleur à chacune d'elles.

Était-elle déjà au paradis ? Si oui, elle voulait y rester ! Un beau visage doux lui souriait avec bienveillance, un ange sûrement. *S'ils sont tous comme ça là-haut, banco, j'y reste !* se dit-elle, un peu sonnée.

Malheureusement, en reprenant ses esprits, Elena vit Nathanael penché sur elle, le visage bouleversé : elle était toujours en train de sourire à un ange et il lui fallut un moment pour quitter son immobilité béate et émerveillée. Le soleil montait dans le ciel, baignant la scène de couleurs douces, une odeur de blé mûr lui caressait les narines, la chaleur revenait en elle.

— Elena, dites quelque chose ! Vous êtes là ? Réveillez-vous, je vous en prie !

Ainsi, elle n'était pas morte, mais sur Terre, et quelqu'un lui demandait quelque chose d'irréalisable.

Elle refit un gros effort pour rouvrir les yeux ; un champ de blé, un ciel radieux avec quelques nuages effilochés et gracieux et quatre têtes affolées au-dessus de la sienne, il avait dû se passer un événement qui lui avait échappé.

— Êtes-vous vraiment vivants ou bien morts ?

Elle vit Nat pousser un soupir de soulagement :

— Vous êtes blessée, évanouie, et vous vous inquiétez encore de savoir si nous sommes vivants ? C'est le monde à l'envers ! Le danger a été maîtrisé, les deux tueurs ont été interceptés, dont un grâce à vous, bravo ! Nous sommes arrivés à temps avant qu'il ne se jette sur vous. Ils sont déjà en route pour le centre de police où ils seront interrogés très à fond, j'y veillerai moi-même. Nous-mêmes sommes sortis indemnes de cette folie. Argina, va-t-elle bien ? demanda Nathanael d'une voix teintée d'impatience anxieuse à celle qui palpait fébrilement Elena de toutes parts, avec des gestes précautionneux.

La voyant acquiescer, ils la relevèrent avec précaution et elle ne put retenir une plainte : son bras la brûlait terriblement.

— Par tous les saints, elle est aussi blessée au bras et a perdu beaucoup de sang. Vite, rentrons, dit une voix angoissée, celle du fermier.

Nathanael confectionna rapidement un garrot sur le bras d'Elena avec son mouchoir. *Les hommes avec leurs provisions de mouchoirs*, pensa-t-elle, à demi somnolente et cela la fit sourire.

— Ne souriez pas, vous allez m'inquiéter encore davantage, gronda Nathanael dans l'incompréhension, et ne me dites plus jamais que vous voyez des anges, s'il vous plaît. Rentrons immédiatement, Gus aura tout ce qu'il faut pour vous soigner.

À demi consciente, elle se laissa entraîner vers la voiture, s'évanouit à nouveau dans le véhicule tout en entendant en sourdine un chapelet de jurons corsés ; Nathanael avait fini par perdre son sang-froid. Comme dans un songe, elle sentit qu'on la transportait, ce qui lui fit pousser de petits gémissements épuisés.

Lorsqu'elle reprit connaissance, elle vit un homme trapu et en bras de chemise penché sur elle, ce qui la fit hurler de terreur. On voulait la tuer de nouveau !...

Alertée par le bruit, une autre personne entra précipitamment dans la pièce ; c'était Nathanael également en tenue débraillée.

— N'ayez pas peur et rallongez-vous immédiatement ! Gus est ici pour vous soigner. Gus, Elena. Les présentations sont faites.

Ses traits étaient tirés et une colère sourde colorait sa voix.

— Enfin, elle s'est réveillée.

Gus avait parlé sobrement, tout en vérifiant son pouls, puis il se retira en se massant le crâne.

— Vous nous avez fait une belle peur, jeune lady, dit Nathanael. Ne recommencez plus jamais. Plus de *crop circle*, vous restez au manoir à l'abri en attendant que cette affaire soit élucidée.

Le ton était sans appel et il semblait fou de rage, aussi Elena préféra se taire pour le moment.

— Que s'est-il passé ? demanda-t-elle d'une petite voix.

— Des abrutis sans nom vous ont tiré dessus. Mais qu'avez-vous donc fait pour être visée ainsi ?

Elle ne trouvait aucune raison.

— Mis à part cette descente d'escalier débile, je ne vois vraiment rien ! Ce serait plutôt à vous de m'expliquer dans quel monde vous vivez !

Il se tut, brusquement plongé dans ses pensées.

— Je n'ai fait que vous découvrir, une fois cet escalier débile descendu, répondit-il à voix basse, et comme à regret. Je dois continuer mon enquête, elle est en train d'avancer. Vous, vous avez pour mission de reprendre des forces. Dès que vous serez rétablie, je veux que vous suiviez un entraînement intensif de self defense, de maniement des armes, pistolet et couteau avec Gus, cela vous sera toujours utile et cela me rassurera.

Et il repartit en trombe, telle une tornade de rage vivante.

Trop épuisée pour mieux détailler la chambre où elle se trouvait, Elena se rendormit, goûtant le calme et la sérénité de la pièce ; l'enfer ou le paradis pouvaient encore attendre un peu.

Être dorlotée par un grand costaud se révéla une expérience unique, d'autant plus que Gus brillait par sa discrétion bourrue, ce qui ne l'empêchait pas d'user d'un sens de l'humour flegmatique et décalé : un pince-sans-rire irrésistible qui se donnait beaucoup de mal pour la dérider. Enfin, petit à petit, car elle avait senti au début une antipathie innée chez cet homme sans qu'elle comprenne vraiment sa réticence à son égard. Il y avait tant d'atomes crochus entre lui et Nathanael qu'elle l'avait senti inquiet du lien tissé entre son patron et elle. *Il se faisait vraiment beaucoup d'illusions sur ce lien*, pensa Elena avec amusement et il avait dû finir par comprendre qu'elle n'interférerait jamais dans leur amitié. Elena adorait sa franchise sans détour, un roc sur lequel s'appuyer ou non, mais jamais un leurre.

En fait, il était un bon, un très bon médicament.

Le temps passait tranquillement, elle prenait plaisir à contempler, des heures durant, les grands arbres visibles de sa fenêtre et les infinies variations de lumière qui les effleuraient. Le bruit des gouttes d'eau s'écrasant sur la fenêtre la berçait et la replongeait dans un sommeil incontrôlable.

Le temps avait suspendu son cours, elle s'assoupissait entre deux rêveries, flottant doucement et inexplicablement entre les mondes.

La présence de Gus la rassurait ; il semblait sûr de lui et de sa capacité à la défendre, quelles que soient les situations qui se présenteraient. Même sa fenêtre avait été verrouillée, avait-elle constaté, un jour où elle avait tenté une escapade jusqu'aux vitres.

Elena se rendit compte qu'elle était épuisée par trop de fatigue et de stress accumulés, à la fois ceux précédant son arrivée dans ce pays étranger, et ceux, différents mais néanmoins pesants – et combien ! – de ce monde nouveau.

Elle, qui avait toujours mille activités en cours et détestait l'ennui, prenait un immense plaisir joyeux à ne rien faire, seulement plaisanter légèrement avec Gus, recevoir Argina qui lui tenait la main en lui souriant gravement. Elena était quasiment sûre qu'elle lui faisait régulièrement des soins, mais cette fois, elle n'interféra pas avec la pratique de son amie.

Au bout d'une dizaine de jours, elle se sentit capable de reprendre ses carnets et commença à jouer avec les petits poèmes-suggestions de noms donnés au cours de la dernière exposition. Chaque association incontrôlée et heureuse de mots la transportait de joie.

Alors, elle attendait la venue de Gus pour lui faire partager ses nouvelles trouvailles ; elle savourait tout autant ses réparties désopilantes, qu'elle ajoutait à la suite des associations de mots sur son carnet : c'était son trésor. D'ailleurs, Gus se prêtait au jeu de bonne grâce, lui demandant cérémonieusement chaque matin quelles nouvelles élucubrations hasardeuses elle avait dénichées ; il semblait apprécier autant qu'elle ce nouveau jeu !

Elena soupirait d'aise sans raison, dès qu'elle était seule. Depuis si longtemps, elle aurait dû se reposer ainsi. Mais ç'aurait été irréalisable, impensable, injustifiable. N'empêche, elle se sentait revivre chaque jour un peu plus.

Une visite indispensable pour les contrôles radiologiques avait provoqué un nouvel accès de larmes irrépressibles qu'elle n'avait pu dissimuler ; les médecins avaient dû la prendre pour une folle. Elena se sentait coupable de pleurer sans raison, mais parfois, l'émotion la submergeait sans signes avant-coureurs, alors autant accepter ces crises de larmes qui survenaient à l'improviste et la laissaient, une fois parties, épuisée, mais soulagée d'un poids dont elle n'avait pas vraiment pris conscience.

En tout cas, le bilan médical était correct, elle reçut la permission de commencer à se lever progressivement et aller faire quelques pas dans le couloir, accompagnée puis seule. C'était un peu regrettable tant elle se sentait si bien en sécurité dans sa jolie chambre.

Nathanael était lui aussi passé quelquefois, mais de le voir si contrarié et furieux lui pesait. Parfois, lui lire les propositions extravagantes assorties des commentaires de Gus faisait naître un léger sourire, mais celui-ci s'évanouissait vite ; il avait visiblement l'esprit occupé.

— J'étais sûr que Gus et vous vous entendriez bien ; il faut le voir se hérisser et se redresser, prêt à bondir, lorsque j'évoque un des deux attentats ! Je mets quiconque au défi de vous approcher dans un esprit agressif, il se trouvera, lui, au bon moment pour barrer la route à tout agresseur !

— Je l'apprécie beaucoup, moi aussi. J'ai beaucoup de chance, répondit Elena, secrètement flattée par cet éloge caché.

— Ah oui… reprenait-il sombrement, déjà reparti dans sa colère rentrée.

Ses yeux s'assombrissaient alors et, les poings serrés, il reprenait le chemin du départ.

Puis les jours vinrent où elle put seule se promener dans la maison, telle une petite fille explorant tous les recoins, les cachettes et les trésors lors de vacances d'été chez une grand-tante occupée à tricoter devant sa tasse de thé. Elle aimait la bibliothèque, l'odeur poussiéreuse des livres, cette atmosphère confinée et recueillie. La cuisine était le domaine réservé de Gus, elle n'osait pas y mettre les pieds, mais ce n'était pas grave ; chacun chez soi et respecté était une bonne règle et il en faisait déjà bien assez pour elle.

Ils s'entraînaient chaque matin, d'abord laborieusement puis sur un rythme plus soutenu. Gus était un bon professeur, calme et exigeant. Il la rassurait en la complimentant sur ses progrès martiaux et ne cachait pas le nouveau respect qu'il éprouvait pour elle.

Elle n'en revenait pas de se voir apprendre à viser avec un revolver, répéter les gestes de Gus pour le recharger. Nathanael savait ce qu'il faisait, donc elle se devait d'assimiler les gestes de self defense et ceux du lancer de couteaux : de francs éclats de rire ponctuaient heureusement les exercices. Elle réalisait qu'elle se sentait maintenant plus forte et en confiance avec l'avenir, quoique ses chances face à des tueurs professionnels lui paraissent bien maigres.

16

UN DÎNER

Un matin, Gus arriva, portant maladroitement cartons et vêtements dans ses deux bras en avant. Il les déposa sur le lit en laissant exhaler un soupir soulagé : il était visiblement mal à l'aise dans ce rôle qui lui avait été manifestement attribué. Cela aurait pu faire rire Elena si elle n'avait pas redouté ce qui allait suivre.

— C'est pour vous, envoyé par le boss, qui doit recevoir des invités ce soir et qui vous demande de bien vouloir y assister.

Oh non, ce n'est pas possible, pensa-t-elle, *pas encore ce cauchemar.*

— Euh, en fait, répondit-elle les yeux baissés pour cacher ses vrais sentiments, je me sens fatiguée aujourd'hui et je vais rester allongée, c'est mieux ainsi. Voudriez-vous bien prévenir le boss que je ne pourrai pas venir, en m'excusant, bien sûr ?

Ses pieds dansaient l'un après l'autre, comme prêts à s'enfuir très loin.

Gus eut un petit rire compatissant :

— C'est exactement ce que l'on m'a prévenu que vous diriez ! Le boss m'a informé qu'il vous ferait parvenir un fauteuil roulant, si c'est nécessaire !

Quel babouin sinistre, il l'avait démasquée... Prenant un air faussement dégagé, elle hocha la tête d'un air désespéré.

— Une coiffeuse maquilleuse viendra en début d'après-midi pour vous aider à vous préparer et faire des retouches aux vêtements, si nécessaire.

Bon, si elle était prise en main au moins de ce côté-là, les dégâts seraient moindres. Il ne lui restait plus qu'à se transformer en planche savonneuse pour qu'on l'évite et elle serait libérée après ces quelques heures d'horreur imminente.

— Dites au boss que je viendrai donc, puisqu'il insiste. Dites-lui aussi, s'il vous plaît, que je me préparerai dès demain, puisque je vais bien, à faire mes bagages pour repartir dans la petite maison.

— Plaît-il ? répliqua Gus, interloqué.

— Dites-le-lui, s'il vous plaît, fut la seule réponse froide d'Elena, qui regardait au loin pour ne pas voir la déception sur les traits de son ami.

L'air était brusquement devenu glacial et des nuages gris obscurcissaient progressivement le ciel matinal qui abandonnait ses promesses de journée radieuse. Il ne tenait pas sa part de contrat en la forçant à assister à une réunion mondaine sans rapport avec les vernissages ; elle se sentait donc libre de rompre à son tour sa part du marché. Elle retournerait dans la petite maison. D'un certain côté, elle reverrait moins souvent

Nathanael… et Gus bien sûr, mais ce repos forcé lui avait appris que ceux qu'elle aimait devaient la respecter comme elle était. Plus question de se renier ou de tenter de faire le caméléon pour s'adapter à un environnement qui ne lui convenait pas ou la déstabilisait. C'était à prendre ou à laisser : plus jamais personne n'aurait l'autorité suffisante pour la contraindre à faire ce qu'elle détestait.

Gus repartit la tête basse, n'ayant pas le cœur à faire une nouvelle plaisanterie.

Nathanael surgit en trombe dans sa chambre en fin d'après-midi.

— Qu'avez-vous encore inventé ? Pourquoi voulez-vous partir ?

La voix était sèche, presque exaspérée.

— Je pense être suffisamment remise, comme vous l'avez suggéré à Gus, répondit froidement Elena, les poings serrés en avant, comme prêts à la bagarre, et j'aimerais revenir à la maison du gardien. Je pourrais y travailler ma peinture et retrouver mon rythme d'avant. Je ne veux plus assister à une réunion mondaine supplémentaire, mis à part, bien sûr, les vernissages d'exposition de la Fondation, comme nous en avions convenu avant. Je m'y sens horriblement mal à l'aise. Je suis infiniment reconnaissante pour ce que vous avez fait pour moi, vraiment, mais j'aimerais vous en remercier autrement qu'en assistant à ces réunions si angoissantes pour moi. Sinon, je préférerais être accompagnée d'un escort boy s'il le faut : je ne veux plus me sentir seule dans cette foule.

Surprise, elle entendit Nathanael éclater de rire à cette dernière phrase, mais il se reprit vite en voyant l'air offusqué d'Elena.

— Vous détestez autant que ça ces événements ? Je pensais que c'était seulement par timidité et que vous vous y acclimateriez.

— Je sais que je peux vous paraître ingrate, mais c'est inexact. Je ne supporte pas cela : cela me met dans un état de détresse absolue, proche d'un état de panique, si vous préférez. C'est ridicule, je le sais, mais c'est ainsi. Ce n'est pas que je juge les gens ; ils sont différents, c'est tout, et ils ressentent cette différence en me méprisant de ne pas savoir me plier à leurs règles…

Jamais elle ne s'était autant exprimé sur ce sujet, ni posé une telle limite.

Devant ce constat, Nathanael prit un moment de réflexion : c'était bien la première fois qu'il rencontrait une femme qui détestait s'habiller et se montrer à son avantage ; il n'en revenait pas.

— Écoutez, je comprends votre position et la respecte, mais, pour des raisons que je ne peux encore dévoiler, il est dangereux pour vous que je sois votre escort boy ce soir, impossible vraiment. Je vais demander… à qui, voyons ? Oui, à Joshua, que vous connaissez déjà… de venir à ce dîner et de rester près de vous toute la soirée ! Cela vous va ? Vraiment, pour le cours de l'enquête, il est très important que vous assistiez à ce dîner. Excusez-moi d'insister autant, et puis peut-être que pour moi aussi, c'est important que vous soyez présente. Et si moi également, je m'ennuyais mortellement, même si c'est pour d'autres raisons, à ces réunions ? Vous avez l'art d'y semer une zizanie rafraîchissante : vous voyez que vous n'êtes pas si inutile que vous le pensez ! Vous avez réussi par deux fois, à mettre un tel piquant inattendu aux dernières assemblées que vous devenez pour moi un fétiche personnel anti-ennui ! Allez, soyez gentille, venez, conclut-il en lui faisant un chaleureux clin d'œil.

Il avait fait un effort dans sa direction, l'avait écoutée, lui avait trouvé un accompagnant pour la soulager, lui avait déclaré qu'il appréciait sa compagnie ; c'était déjà beaucoup et elle promit, à contrecœur, de faire un effort et de venir les rejoindre. Comment intégrer que sa présence pouvait être d'une importance, même minime ?

Il repartit complètement décontenancé par son attitude ; elle était honnête avec elle-même, acceptait sa vulnérabilité, était reconnaissante et surtout montrait un manque total de frivolité ou de recherche de séduction. Elle était un vrai phénomène à elle toute seule ! Du jamais vu. Il se réjouissait à l'avance à l'idée de la prestation qu'elle ferait ce soir à cette soirée qu'elle détestait tant par avance ! Elle ne s'en rendait pas compte, mais sa prise de position la rendait plus attractive et intéressante !

Demain et ses bagages pouvaient attendre, les dés n'étaient pas tous jetés, mais quand même… Nathanael se dit qu'elle en aurait été vraiment capable, de façon sûre.

Paillettes, bougies, cristal scintillant, murmures incessants en sourdine, rires soigneusement perlés et discrets, robes splendides portées dans un esprit de compétition, froideur et mépris, jalousie et flatterie, méchanceté déguisée : voilà tous les ingrédients qui lui sautèrent à la figure quand elle parvint jusqu'à eux, déguisée et perchée sur de dangereux talons.

Le bras calme de Joshua, posé sur son bras, tempérait ses sentiments. Il la présentait à droite et à gauche ; sourires polis et indifférents leur répondaient.

— Pourquoi me les présenter ? Je me fiche de leurs noms, je les ai déjà oubliés, lui confia-t-elle à voix basse. Ils ne s'intéressent pas plus à moi que moi à eux, c'est dire !

Elena secoua avec véhémence ses cheveux qui, eux aussi, l'horripilaient tant ils avaient été travaillés comme une pièce montée surplombant sa tête.

— Parce qu'il est dans les usages de faire ainsi, vous êtes vraiment une guerrière barbare et armée ! répondit Joshua, choqué par tant de rudesse dans ses propos. Nous devons toujours commencer ainsi. Petit à petit, ils viendront à vous, soit pour votre rang, soit pour votre fortune, soit pour votre renommée ; c'est le jeu. La règle des trois R, si vous voulez : rang, renommée et richesses. Ça a toujours été comme ça, vous n'imaginez pas le changer, tout de même ?

Elle lui fut reconnaissante de cette explication précise et froide de la situation. En fait, cela la déculpabilisait et la faisait se sentir moins incapable, car elle acquérait des outils de compréhension, faute d'outils d'acceptation.

D'une pression de bras, elle désigna Nathanael en pleine parade amoureuse aux côtés d'une femme splendide et consciente de l'être, tout accrochée à son bras.

— Vous n'avez pas évoqué la beauté dans la liste des trois R, il semblerait que ce soit aussi un facteur significatif de reconnaissance…

Ce dindon féminin qui agitait ses plumes à chaque rire de gorge l'exaspérait. Joshua éclata brusquement de rire et tous les regards se tournèrent vers eux. La beauté radieuse daigna même leur jeter un coup d'œil curieux.

Nathanael l'avait pourtant prévenue : il aurait un rôle à jouer – *un rôle de séducteur ridicule plutôt, aurait-il dû dire !* pensa rageusement Elena. Et pour les protéger tous, ah vraiment ? Et de rage, Elena se servit deux coupes de champagne à la suite. C'était malgré tout avec un pincement de cœur qu'elle le voyait se ridiculiser, dans ce couple concentrant tous les atouts de la réussite. *C'était trop injuste*, rumina Elena, furieuse d'avoir à assister à cela aussi. Elle ne s'y attendait pas et des larmes de déception menacèrent de monter suffisamment haut pour se rendre visibles.

Gus passa près d'eux et l'empêcha de se resservir une troisième coupe de champagne.

— La sobriété est de rigueur, jeune lady. Il est le roi de la dissimulation, pas de panique ! lui dit-il en faisant un clin d'œil en direction de Nathanael, ce qui choqua Joshua, puis il disparut dans la foule.

En rougissant d'avoir si facilement été percée à jour, elle avait eu le temps d'afficher un faible sourire. Joshua surprit leur manège affectueux.

— Ma parole, vous avez amadoué Gus, il sourirait presque ! Vous l'avez chatouillé pendant ses soins ?

Deuxième éclat de rire franc, nouvelle attention sur ce duo bruyant. Même Nathanael tourna brièvement la tête vers eux, interrogateur, avec un clin d'œil reconnaissant à Joshua qui effectivement transpirait à force d'efforts qu'il devait déployer pour tenter de la dérider ; elle était devenue aussi fermée qu'un coffre-fort pensant.

Heureusement, le temps du repas arriva et vint mettre un terme à la station debout, épuisante sur ses échasses. Sa place était à la droite de Joshua, Nathanael avait tenu parole. Lui-même siégeait, deux places plus loin, assez près pour le voir se pencher avec attention vers cette dinde endimanchée qui s'évertuait à lui murmurer des mots doux. Que le diable l'emporte, il ne l'emporterait pas au Paradis : elle se promit intérieurement de s'en charger avant.

Les conversations reprirent, futiles et banales.

Le pire survint quand la mère de Nathanael s'adressa à elle avec un mépris affiché pour lui signifier de façon claire qu'il existait des fossés infranchissables entre certaines classes de la société et que cela était parfaitement justifié. Déjà, en parlant avec elle, certains ne s'étaient pas privés de lui demander de quel pays d'origine elle venait et où elle vivait.

Elena était exaspérée par les propos de la reine mère, pourtant certains l'exaspérèrent encore davantage, car elle parlait d'une voix hautaine en lui jetant un regard entendu.

— Et donc, reprit cette harpie prétentieuse, sélection après sélection, il est normal que l'on retrouve dans les familles nobles la quintessence de ce qui se fait de mieux en génétique.

Toute la tablée approuva, Joshua s'agita sur son siège : *c'en était trop*, décida-t-elle.

Elle posa délibérément sa serviette sur la table et répondit d'une voix claire, amplifiée par le champagne ingéré.

— Et à partir de quelle période, de quelle date doit remonter votre arbre généalogique dans votre pays pour qu'il soit reconnu ?

La question retentit, haut et clair, et un silence surpris s'installa à table. Joshua lui donnait de discrets coups de coude sous la table, effaré.

Sûre d'elle-même, la reine mère répondit :

— Il est possible de considérer favorablement un arbre s'il remonte au quinzième siècle, c'est un bon début, reprit-elle en se rengorgeant, fière de son succès.

Rires discrets dans l'assemblée. *Crétins prétentieux*, pensa-t-elle, *ils allaient moins rire bientôt…*

— Bien, vous me rassurez par ces exigences minimales. Le quinzième siècle me paraît bien récent pour pouvoir justifier de telles qualités !

Joshua maintenant s'attaquait vigoureusement à ses tibias, mais elle s'en fichait, elle était trop en colère. Mais elle le lui revaudrait, à lui aussi. Certaines plaisanteries nationalistes et condescendantes sur son pays d'origine l'avaient horripilée par leur mépris, elle ferait d'une pierre deux coups :

— Alors, vous savez sûrement que les Plantagenêts, la lignée royale anglaise, était, soit dit en passant, de cette origine française si décriée. Au dixième siècle, Albéric, premier vicomte de Narbonne, et Attala de Mâcon, son épouse, furent le socle de cette lignée royale anglaise, les premiers ancêtres de cette lignée.

Il y eut quelques murmures d'hésitation dans la salle.

— Mon ancêtre lointain du côté paternel, Walchaire, fut le frère d'Albéric, premier roi Plantagenêt. Je suis donc heureuse de pouvoir être acceptée parmi vous en tant que telle !

Un cri strident retentit :

— Ainsi donc, vous le saviez depuis tout ce temps et comptiez vous en servir pour nous spolier ! hurla la mère de

Nathanael au comble de la fureur. Je regrette que les attentats aient été un échec, disparaissez de ma maison !

Nathanael se leva brusquement de son siège, blême, et fit un discret signe à deux serveurs pour qu'ils éloignent cette vieille dame déchaînée qui continuait à glapir en résistant.

Son visage était décomposé et il glissa quelques mots rapides à Gus, qui sortit immédiatement de la salle.

— Nous sommes profondément désolés pour cet esclandre familial qui manque à toutes les règles de la bienséance : nous veillons soigneusement sur l'état de ma mère qui se dégrade progressivement. Nous comprenons qu'il sera dorénavant nécessaire de la surveiller davantage, car la situation nous montre que son état émotionnel n'est plus gérable, continua-t-il en jetant quelques regards menaçants à certaines personnes.

« Quant à vous, Elena, que je présente à tous ceux qui ne la connaissent pas encore, je vous demande de bien vouloir accepter toutes mes excuses pour cet affront qui s'est passé sous mon toit. Vous n'avez plus à prouver vos qualités depuis longtemps *(il sourit)* et c'est avec surprise que je découvre avec mes invités votre illustre filiation : soyez la bienvenue parmi nous !

Et il leva son verre pour saluer son propos. La salle entière dut lever également son verre à sa santé. Elena ne savait plus où poser ses yeux tant elle se sentait gênée. Confuse, elle se traitait intérieurement de gourde décérébrée pour avoir eu le culot de déballer tout cela. C'était ridicule d'avoir eu recours à ce linge familial pour se faire respecter.

Joshua, à ses côtés, ne se cachait plus pour s'éponger le front, il semblait dépassé et impuissant.

— Comme cavalière, vous êtes inclassable ! Je n'ai jamais vécu un tel moment de solitude en public, merci beaucoup !

Sa remarque dépitée la fit rire et sortir de son monologue angoissant, ce qui lui donna la force de relever les yeux. Les conversations avaient repris, comme si presque rien de fâcheux n'était arrivé !

Pourquoi avoir parlé de tout ça ? Elle n'en tirait évidemment pas fierté, c'était seulement un packaging familial éclairant parfois certaines particularités de ses parents quand elle avait du mal à y voir clair. Maintenant, cela l'indifférait. Elle se demandait bien en quoi le fait de proclamer cela pouvait changer la reconnaissance des autres vis à vis d'elle.

Cette harpie avait mis le feu à une poudre déjà prête à s'enflammer, mais quel dîner réussi ! Quelle humiliation publique après ce déversement scandaleux de préjugés injustes !

Elle avait, une fois de plus, brusqué les autres en allant plus loin que ce qu'elle avait désiré dire. Insupportable, voilà ce qu'elle était.

Joshua se pencha vers elle pour lui demander pourquoi la mère de Nathanael avait mentionné deux attentats. Même s'il était très proche de son ami, jamais Nathanael ne lui avait parlé d'une seconde agression.

Elle réalisa alors que, hormis leur groupe de virée, Gus, l'agriculteur et la mère de Nathanael, personne n'était au courant. Qui avait pu alors préparer une attaque aux *crop circles* ? Était-ce cette harpie qui avait informé d'autres attaquants ?

Elena préféra ne pas s'étendre sur ce sujet qui intriguait Joshua et lui demanda de questionner directement Nathanael :

il saurait mieux lui répondre. Elle s'excusa de ne pouvoir lui en dire plus, elle avait déjà bien trop parlé et sinistré une charmante soirée. Songeur, Joshua continuait à réfléchir pensivement, les sourcils froncés.

— Mais alors ? s'exclama-t-il soudain.

Il jeta un regard effaré à son ami. Celui-ci s'en rendit compte et d'un hochement de tête glacial, confirma la déduction qu'il venait de faire.

Elena n'y comprenait rien, elle aurait voulu fuir, se cacher au fond de sa chambre. Gus avait disparu.

À la fin du repas, Nathanael proposa aux invités de passer au salon et de continuer un moment sans lui, car il avait une affaire urgente à régler. Les invités inclinèrent la tête en signe d'assentiment et se dirigèrent gaiement vers le salon. Nathanael avait demandé à Vanessa de tenir le rôle de maîtresse de maison le temps de son absence. Et voilà, les choses étaient claires maintenant. Elle s'appelait Vanessa et Nathanael lui confiait la gestion de sa maison. Elena sentait des blocs de glace s'entrechoquer dans ses poumons comprimés.

Quel prénom horrible ! pensa-t-elle tout bas, consciente de sa mauvaise foi. *C'est décidé, je pars dès demain de cet endroit si malsain.* Le voir fixer son choix sur un être qui semblait si artificiel et clinquant l'atterrait. Que les hommes soient aussi stupides et que finalement celui-ci aussi se dévoile aussi méprisable que ses congénères la blessait profondément.

Elle prenait acte et préféra s'éloigner pour ne plus être témoin de cette comédie de l'amour. Ce n'était pas de la jalousie, non, bien sûr, mais juste l'impression d'avoir été trahie dans la confiance qu'elle avait mise en lui.

Tout en étant plongée dans ses réflexions amères, elle vit deux hommes de la sécurité surgir du couloir et se diriger vers un groupe de trois personnes invitées au repas, pour leur demander de les accompagner, discrètement. Ces trois convives, une femme et deux hommes, lui avaient été présentés comme étant des parents de Nathanael, elle s'en souvenait maintenant parce qu'elle leur avait trouvé un air sournois de parenté avec la reine mère. Les trois personnes suivirent, la tête basse et sans discuter, les deux agents pour sortir par une autre porte.

Quel monde dingue, vraiment…

Nathanael disparut à son tour, suivi de Joshua et elle en profita pour s'éclipser le plus discrètement possible ; Gus avait disparu, mais un agent de sécurité vint immédiatement à ses côtés, interrogateur. Elle se sentit obligée de lui expliquer que la soirée avait été « fatigante » – autant essayer de rester polie. Un demi-sourire apparut sur les lèvres pincées de l'homme de combat. Elena lui dit qu'elle préférait donc retourner dans sa chambre. L'homme, en vrai professionnel, acquiesça sobrement et l'escorta jusque-là.

— Vous nous avez été très utile ce soir, dit-il alors en aparté, alors qu'ils montaient l'escalier. Gus nous avait confié que vous étiez un phénomène, mais il était au-dessous de la réalité ! Vous nous avez magistralement aidés à la résolution d'un problème qui nous préoccupait et vous pouvez être fière de vous. N'ayez plus aucune crainte.

Et il s'inclina discrètement, non sans avoir vérifié toute la pièce auparavant avec un regard de tueur. Ne comprenant rien à ces paroles, Elena avait tristement souri à la pensée de Gus la décrivant comme un phénomène.

Dès qu'elle fut seule, elle ôta rageusement son déguisement, alla chercher sa chemise de nuit la plus ridicule, ornée de petits pingouins multicolores, pour se réapproprier un peu de sa véritable nature et s'assoupit péniblement. La nuit fut ponctuée de cauchemars de poursuite et de sentiments de terreur incontrôlables.

Elle découvrit au matin un petit mot posé sur son lit.

« Merci pour votre aide, vous avez été parfaite et nous avons démêlé le gros de l'histoire. Nous sommes presque arrivés au dénouement. Prenez soin de vous, je vous revois bientôt. »

Signé Nathanael. De toute façon, finir la préparation de son exposition serait sa priorité, elle devait rester fermement sur sa position jusque-là.

17

VÉRITÉS

Le lendemain matin, avant qu'Elena ait vraiment eu le temps de mettre ses projets de peinture à exécution, la porte de sa chambre s'ouvrit brusquement et Gus parut, l'air tourmenté.

— Voudriez-vous bien me suivre au salon jaune ? Quelques personnes aimeraient parler avec vous.

Impressionnée par son ton grave, elle ne put s'empêcher de lui demander, en cherchant son regard sans succès :

— J'ai fait une bêtise ?

— Je suis désolé, mais je ne peux vous répondre pour l'instant. Suivez-moi, je vous prie.

Gus avait repris la voix et les gestes des mauvais jours, secs et distants.

L'heure ne semblait pas aux réjouissances et la réticence de Gus, d'ordinaire si jovial lui fit froid dans le dos. Qu'avait-elle donc encore bien fait ? Elle le suivit, un peu inquiète, le temps de descendre le grand escalier peu éclairé. Le silence avait pris un caractère presque menaçant. Ses doigts n'arrivaient pas à se réchauffer, malgré la sensation douce du bois de la rampe.

Gus remarqua son air apeuré et lui dit, un petit sourire encourageant en coin :

— Vous ne risquez rien, Nathanael sera là et ne laissera personne vous blesser. Soyez le plus honnête possible et tout ira bien.

Il voulait être rassurant, mais sa démarche gauche et son regard fuyant contredisaient ses affirmations. Le remerciant du regard, elle entra à sa suite dans le salon jaune où se trouvaient effectivement Nathanael et deux hommes masqués : l'heure était grave et un silence lourd l'accueillit.

— Bonjour, Elena, merci d'avoir bien voulu venir nous rencontrer.

Comme si elle avait jamais eu le choix, se dit Elena, intriguée par cette mise en condition à double sens, comprenant que l'heure n'était pas aux plaisanteries personnelles. Elle en eut un frisson qu'elle tenta de dissimuler. Y avait-il encore des gens qui éprouvaient la nécessité de vivre masqué ? C'était hallucinant. En quoi pouvait-elle mettre en danger ces personnes qui respiraient l'aisance et le contrôle ?

— Nous avons quelques questions très importantes à vous poser, reprit Nathanael. Je vous prie d'y répondre le plus précisément possible.

Le ton de Nathanael était neutre et son regard ne montrait aucun signe de gaieté. Il se tenait debout dans une attitude figée et son regard ne fit que l'effleurer.

Elena hocha la tête en silence. Lui aussi semblait préoccupé.

Il reprit :

— Je vous ai demandé, un jour, si vous aviez quelque chose d'important à dire pouvant justifier les attaques dont nous avons été victimes ; vous m'avez répondu que vous ne voyiez rien pouvant l'expliquer, sinon un escalier stupide. Est-ce juste ?

— Oui, tout à fait, répondit-elle, intriguée, en levant les yeux vers lui pour tenter de comprendre sa froideur.

Y retrouverait-elle la lueur d'espièglerie qui colorait toujours cette constatation ? Peine vaine.

— Pouvez-vous m'expliquer alors pourquoi vous avez tu votre ascendance, disons, anglaise ?

Elle ne put s'empêcher d'éclater de rire et vit alors tous les visages se crisper dans l'incompréhension de cet accès d'hilarité, alors qu'il s'agissait de généalogie, si respectable pour eux.

Elle se reprit vivement et s'expliqua, confuse :

— Si cela vous paraît important, pour moi, cela ne l'est absolument pas. Je considère cela plutôt comme une histoire ancienne surprenante et n'apportant que peu d'éléments significatifs dans ma vie actuelle. J'imagine que, depuis tout ce temps, d'innombrables personnes peuvent se targuer d'avoir été aussi de cette ascendance. D'ailleurs, reprit-elle, lorsque j'en parle à des parents proches, ils me regardent avec énervement ou commisération, ne comprenant pas l'intérêt d'aller raconter de telles histoires : ils se méfient de mes recherches généalogiques. Certaines sont dérangeantes, c'est vrai, et certains ont été heurtés par ce que je leur ai révélé.

Une incompréhension choquée accueillit ses propos.

— Pourriez-vous me dire quelles sont vos sources sur ce sujet ?

Un des hommes masqués s'était penché vers elle, comme pour mieux l'entendre ou observer ses réactions.

— C'est une histoire étonnante. Par hasard, j'ai eu sous la main un document écrit par un grand-oncle, féru de généalogie. Surprise par ce qu'il énonçait, je lui ai demandé sur quoi il se basait pour affirmer de telles choses. Il m'a dit qu'un de nos ancêtres, sous Louis XIV, fut fâché que l'on ne reconnaisse pas son droit à s'asseoir dans le carrosse du roi, ce qui était réservé à seulement quelques membres proches de la famille royale. Il déposa donc une réclamation officielle et le généalogiste royal fut donc prié d'établir l'arbre généalogique de cet ancêtre aux envies de carrosse royal. Ce qui fut fait, attesté et qui permit à cet ancêtre du temps de Louis XIV de pouvoir monter officiellement dans le carrosse, aux côtés du Roi.

Un des hommes prenait des notes et lui demanda le nom de ce généalogiste et elle le lui indiqua, s'en souvenant heureusement.

L'homme fit une recherche rapide sur son ordinateur, puis opina de la tête. Il continua ses recherches en silence.

— Comment pouvez-vous penser que cela n'a aucune importance ? lui demanda Nathanael.

— Comment pouvez-vous penser que cela en ait une ? répondit-elle. Pensez-vous que je devrais aussi exhiber mon carnet de vaccinations ou bien mes diplômes à toute personne que je rencontre ? C'est mon histoire personnelle et je n'ai aucune raison d'en tirer fierté, hormis celle d'avoir eu quelques ancêtres qui se sont bien comportés. Voulez-vous que je vous parle aussi de ce grand-oncle qui s'est comporté en héros au Maroc ?

— Bien, admettons le sujet clos pour l'instant.

L'heure n'était pas à la plaisanterie, mais Elena finissait par se demander s'il ne fallait pas vraiment leur raconter son enquête familiale.

— Qu'auriez-vous à me dire, par exemple, sur un oncle au deuxième degré par alliance du côté paternel, proche de votre famille, qui aurait pu avoir un contact avec le président de la République de votre pays ? s'enquit le second inconnu en la scrutant avec attention.

Elle réfléchit fébrilement. Peut-être voulait-il parler du mari de… Oui, c'était cela, quelle drôle de question !…

— En effet, un oncle par alliance a été chargé par le Président de restructurer le Bureau national du renseignement. Je ne l'ai appris que dernièrement et je ne pense pas que cela soit un secret. Il est curieux d'ailleurs qu'aucun de mes frères ne m'en ait parlé et cela m'a fait beaucoup réfléchir à certains souvenirs qui restaient jusqu'alors inexpliqués.

— Vous me le dites maintenant ! s'exclama Nathanael, furieux.

Elle sentit la moutarde lui monter au nez à son tour ; leurs soupçons de malhonnêteté étaient d'une certaine façon infamants et elle commençait à en avoir assez.

— N'y a-t-il pas des zones d'ombre dans chaque famille ? J'en découvre encore actuellement pour ma part. Serai-je la seule à ne pas comprendre tout ce qui concerne ma famille ?

Il y eut un silence stupéfait de quelques secondes qui l'étonna un peu. Puis elle reprit :

— Et d'abord, en quoi nos liens avec le renseignement devraient vous intéresser ? Je vous le demande à la fin ! Dans ma famille, les femmes sont souvent considérées au mieux comme des pies sans cervelle et parlant à tort et à travers. Alors, j'imagine qu'il y aurait beaucoup de choses à découvrir, mais je dois dire que je trouve cela fatigant à la longue, que cela me fait également un peu peur et que je préfère en rester là. Je n'aime pas les secrets, reprit-elle en affrontant du regard les deux hommes masqués qui remuèrent sur leur chaise. D'ailleurs, si cela reste à demi caché par certains, je peux respecter leur besoin de dissimulation, je ne suis pas là pour déstabiliser ceux qui ont besoin de ce paravent. Donc, je ne vais pas clamer tout haut ce qui pourrait les fragiliser.

Il y eut, cette fois, un hochement de tête approbateur. Gus, debout contre le mur, sembla soulagé.

— Si j'ai tu d'autres détails de ce genre, posez-moi les questions qui pourraient faire avancer cette enquête, car je ne vois pas le lien qu'il pourrait y avoir avec ces deux attentats. Je suis de votre côté par la force des choses et j'aimerais bien pouvoir reprendre une vie ordinaire.

Les trois hommes partirent dans une autre pièce, arguant qu'ils devaient refaire le point et qu'ils allaient revenir. Nathanael souriait presque, mais ne la regarda pas en partant.

Elle se promit de lui faire payer cet interrogatoire où elle faisait figure d'accusée. C'était, une nouvelle fois, le monde à l'envers.

Ils revinrent un quart d'heure plus tard, en s'excusant de l'avoir fait attendre. C'était au moins cela…

— Bien, reprit Nathanael, nous nous sommes mis d'accord sur le fait que nous pouvons vous accorder notre confiance. Tous les faits mentionnés ont été vérifiés et approuvés. L'affaire est bien trop importante pour faire prendre des risques à quiconque se trouve dans la pièce, dont vous, dit-il en la regardant d'un ton neutre.

« Nous sommes donc autorisés à vous dire que nous avons démasqué une des personnes qui nous ont mis en danger. Cette personne s'est trahie sans le vouloir, car elle était la seule à savoir que nous allions voir ces damnés *crop circles*, à part nous quatre. Je parle malheureusement de ma mère, dont l'état psychologique m'inquiétait déjà depuis un moment. Dans sa fuite après cet attentat manqué, Mutray s'est dévoilé et nous l'avons arrêté : ce qui nous met aussi sur une piste australienne qui aurait facilité le choix de ce traducteur.

« Ma mère a donc été neutralisée et nous ferons ce qui est nécessaire pour l'enfermer définitivement quand elle aura été prise sur le fait. Nous avons un plan sûr et vous ne courrez aucun risque cette fois, je m'y engage, dit-il sombrement. Mais, car il y a un mais, il semblerait que d'autres services ont contacté ma mère, en dehors de l'aspect strictement familial, et pour cela nous mettons nos services sur cette enquête beaucoup plus grave, car elle concerne de nombreuses personnes, sur un plan politique et de sécurité nationale. Pour cette raison, je vous demande, pour votre propre sécurité, de bien vouloir rester au manoir.

« Nous installerons une pièce pour que vous puissiez peindre et préparer votre exposition. Vous pourrez communiquer avec Argina, Claire ou le comité Rire du monde par vidéoconférence. Gus vous montrera comment faire et sera votre agent de protection. Autre point, qui me semble impératif, Gus vous entraînera à vous servir d'une arme de façon accélérée, c'est sans doute superflu, mais cela me semble nécessaire. Autant mettre toutes les précautions de notre côté.

Il aurait aussi bien pu dire : « Rompez ! », comme à l'armée, que cela ne l'aurait pas étonnée davantage. *Chic, voilà qui était intéressant et rassurant !*

D'un escalier stupide, elle se retrouvait emmurée dans un manoir pour y apprendre à tirer : c'était du grand n'importe quoi, mais elle se garda de le dire à voix haute, l'ambiance ne s'y prêtant pas. Elle comprit qu'elle devait se retirer et se leva en leur faisant un léger signe de tête auquel ils voulurent bien répondre. Gus l'escorta sans un mot.

Autant oublier ses projets de départ. Une part d'elle se réjouissait de se sentir en sécurité et qu'on lui donne les moyens de continuer à peindre. Ils avaient intérêt à vite retrouver les coupables, car elle était fermement décidée à s'éloigner rapidement de ce milieu délirant. Nathanael l'avait beaucoup déçue en s'affichant de cette façon ridicule : elle devait terminer cette dernière boucle de vie. Au plus vite elle retrouverait sa vie d'avant, le mieux cela serait. De toute façon, Argina allait bientôt retourner en Australie et rien ne la rattacherait plus ici.

18

DÉVOILEMENT

Peu de temps après, au cours d'un dîner pris ensemble en bas, Nathanael l'informa qu'une salle avait été aménagée pour qu'elle puisse se remettre à ses peintures en vue de sa prochaine exposition. Celle d'Argina avait eu lieu et avait remporté un franc succès. Il avait préféré ne pas l'exposer au danger en ne l'invitant pas à la cérémonie de clôture de l'exposition pour fêter son succès, tant qu'il restait des inconnues dans leur enquête. *Chic, une réunion mondaine en moins*, ne put s'empêcher de penser Elena, qui était, malgré tout, heureuse du succès d'Argina.

— Est-elle repartie ?

— Non, elle veut assister à votre vernissage et se tient prête à vous assister si vous le désirez. Mais sans la présence de son traducteur, reprit-il fermement.

Elena ne put s'empêcher de lui dire qu'elle s'était méfiée de cet homme dès le début.

— Et pourquoi donc ? dit-il en la scrutant intensément.

— Je ne saurai le dire exactement, mais je sentais une tension en sa présence, je me méfiais de lui. Êtes-vous sûr qu'il ne détournera pas plus tard les sommes qu'Argina a gagnées à son profit ? Et bizarrement, une chose m'a frappée quand nous étudions les *crop circles* tous les trois sur l'ordinateur. Vous savez, après votre proposition d'aller en voir un, j'ai voulu montrer à Argina ce que c'était en Europe et voir s'il y avait des phénomènes semblables en Australie.

— Bonne idée, reprit-il sombrement, mais je ne vois pas le rapport ici.

— Justement, j'y arrive, dit patiemment Elena en recherchant les détails dans sa mémoire, le front plissé, et en se massant le front pour se calmer. Comme il me manquait un crayon pour dessiner un croquis explicatif à Argina, Mutray a sorti par réflexe un stylo de sa poche pour me le tendre. Je l'ai pris sans réfléchir, mais en l'utilisant, j'ai remarqué un logo publicitaire dessus, un carré rouge contenant une feuille noire…

— Non ! Et vous ne m'en avez pas parlé ?

Le ton était presque choqué par cette révélation.

— Ce dessin m'a semblé familier sans que je puisse dire où je l'avais déjà vu. Mutray, me voyant fixer son stylo, me l'a brutalement repris sans explication et j'aurais dû y réfléchir davantage, mais j'étais loin de penser à lui comme un criminel.

— Je suis en train de faire une enquête approfondie à son sujet également. Actuellement, il est sous les verrous pour un bon moment. Mais ce que vous dites m'intrigue, il pourrait donc y avoir un lien entre ce criminel et les Roches ? Il faut absolument que j'éclaircisse cette piste et que les services étudient cela sous un nouvel angle. Elena, vous êtes une perle, une artiste à l'œil acéré !

Elena rougit sous cette approbation et baissa la tête pour masquer sa gêne.

— De toute façon, il y avait des témoins de sa tentative d'assassinat et je compte bien demander la peine la plus lourde. Pour revenir à votre question sur Argina, j'ai chargé une autre personne de gérer son argent, avec son accord, bien sûr. Elle désirerait monter avec cette personne un centre d'enseignement d'art aborigène pour les natifs désirant se lancer dans cette carrière. Je l'ai chargé de défendre les intérêts d'Argina sur place et de mettre en place un circuit de vente des toiles protégeant les droits des autochtones.

— Fantastique ! Que je suis soulagée pour elle... C'est un beau projet, je vous en félicite.

Elena se sentait rassurée et réconfortée par la présence de Nathanael. Il savait prendre soin des autres et les guidait en sécurité, sans rechercher un avantage quelconque pour lui. Même sa présence physique remplissait l'espace, rendant l'air plus léger. Elle aimait ces moments passés seule avec lui, consciente de la chance de l'avoir pour ami. En fait, elle attendait avec impatience leur dîner pour partager avec lui sans jamais s'ennuyer.

— C'est un travail collectif dont nous pouvons tous nous féliciter, je n'ai fait que mettre en place les moyens matériels qui le permettent et de mettre en lien les personnes voulant y participer. En somme, je n'ai fait qu'appliquer mes méthodes de travail au monde de la peinture et je trouve cela très excitant, je dois le dire. Au sujet de Harry, justement, je dois vous informer d'une triste nouvelle. Harry est décédé dans un accident de voiture en Australie, alors qu'il collectait les contes aborigènes. Je suis atterré par cette fin tragique : il était mon ami.

— Pauvre Harry ! Je ne l'ai que peu connu, mais il m'avait semblé distant au retour de son premier voyage australien. Peut-être avait-il des soucis qu'il ne pouvait pas partager…

— Effectivement, reprit sombrement Nathanael, les yeux perdus au loin, en se disant qu'Elena avait une intuition étonnante dont elle ne semblait pas avoir conscience.

Ils avaient mis en lumière des liens douteux entre Mutray et Harry, mais il ne saurait jamais le fin mot de l'histoire. *Nous restons responsables de nos actes, quoi qu'il arrive. Autant ne pas tout lui dire, la situation devait être déjà assez lourde à gérer pour elle.*

— Pour revenir à votre exposition, nous avons déjà trois grandes toiles, celles que vous avez peintes avant l'incident des *crop circle*s – je veux bannir dorénavant ce mot de mon vocabulaire !... Donc trois grandes toiles que je trouve intéressantes. Il reste, de votre exposition mouvementée aux Lilas, cinq toiles moyennes que nous pouvons ajouter aux trois grandes. Il serait bon que vous puissiez en peindre encore trois ou quatre autres, pensez-vous pouvoir y arriver ? Il ne vous reste que les après-midi et le soir, puisque vous travaillez le matin à la réalisation du livret de la fondation de Rire du monde. Soit dit en passant, je trouve cette idée géniale pour lancer et faire connaître notre nouvelle Fondation.

— Oui, je pense y parvenir, répondit-elle, flattée par l'appréciation de Nathanael.

L'angoisse d'avoir à exhiber au grand jour son travail revint et cela la tarauderait tant que l'exposition ne serait pas finie.

— Pour le vernissage, j'aimerais vous dire que nous avons pris des précautions draconiennes. Gus supervisera l'équipe des serveurs. Il y aura des agents dans la salle, déguisés en invités, et vous aurez un escort boy qui sera en fait votre garde du corps, j'ai choisi un des meilleurs. Je regrette vraiment d'avoir à vous demander de prendre encore un risque, mais nous n'avons pas vraiment le choix, si nous voulons débusquer et définitivement éradiquer cette traque insensée et dangereuse. Accepterez-vous de vous plier à cet exercice dangereux ? Vraiment, cela m'angoisse au moins autant que vous.

Il la fixait maintenant dans les yeux, gravement, ses mains jouaient nerveusement avec le crayon de son bloc-notes.

— Je vous demande simplement de venir avec un couteau que Gus fixera sur vous, par double sécurité. Nous comprendrons enfin le vrai motif de cet acharnement anti-thérapeutique ! Je suis sûr qu'il y a un commanditaire au centre de cette affaire et le loup devra sortir de sa tanière, car il est maintenant aux abois.

Elena savait que cela n'aurait jamais de fin, quelle que soit l'origine, tant que le vrai responsable ne serait pas arrêté. Elle ne comprenait toujours pas qui était vraiment la cible de ces fous dangereux, mais elle était sûre de faire partie du lot pourchassé. Si elle prenait ce risque, elle rendrait à Nathanael et ses amis si chers la possibilité de revivre en paix. Qui sait où ce maudit escalier l'avait menée ? Elle se devait, à elle et aux autres, de le remonter et de murer définitivement cet épisode très… regrettable.

Nathanael la fixait de son regard ferme et interrogateur, semblant suivre son cheminement de pensée et respectant son silence : elle était sûre qu'il aurait accepté de prendre sa place si cela avait été possible. Elena prit une grande inspiration et parla en redressant la tête.

— Je me sens responsable de cette situation, autant que vous. Nous devons démasquer ce criminel et je viendrai à cette exposition en faisant de mon mieux pour vous assister.

Nathanael ne put réprimer un soupir de soulagement, même si ses yeux la fixaient anxieusement. Il semblait sur le point de perdre son légendaire contrôle, mais il se secoua brièvement et reprit la parole. Son ton flegmatique avait pourtant de curieux tremblements et Elena prit sur elle pour ne pas aller se blottir contre lui pour le rassurer. Vraiment, de telles idées stupides, alors qu'ils parlaient de mort et de vie, comme si la qualité du biscuit accompagnant le thé était leur principale préoccupation !

— Par ailleurs, reprit-il, après ce moment de tension palpable, ne laissez pas ma mère vous approcher, sous aucun prétexte : je n'ai pas confiance dorénavant. Votre garde du corps vous en protégera tout le temps de l'exposition. Je vous dis tout cela pour que vous n'ayez pas d'inquiétudes avant et pendant le vernissage. Je serai là également et je peux vous assurer que je veillerai au bon déroulement de la soirée.

Rassurée par toutes ces indications et par le fait qu'elle serait accompagnée, Elena se promit de travailler d'arrache-pied et de se remettre à ses roches blanches qui lui paraissaient si lointaines maintenant.

Le jour redouté finit par arriver. Gus lui apporta de nouveaux vêtements de soirée, tout aussi ridicules que ceux qu'elle avait dû endosser antérieurement : le bal costumé devait reprendre et elle les reçut en bougonnant, ce qui fit rire Gus.

— Ordre du patron ! fit-il en clignant de l'œil. Ne vous inquiétez pas, cette fois je serai là, prêt à intervenir, croyez-moi. Foi de Gus !

Ses traits devinrent ceux d'un killer.

C'est lui qui la conduisit sur les lieux. Elena fut impressionnée par la qualité des encadrements de ses toiles et par leur disposition dans la salle : elle ne reconnaissait presque pas ses œuvres et se demandait comment elle avait pu réaliser cela. Son escort boy vint la rejoindre en se présentant discrètement. Il ne la quitterait pas d'une semelle, lui affirme-t-il. Argina était enthousiaste et lui indiquait du doigt les chemins qu'elle avait inscrits sur ses toiles. Elle en avait quasiment tout décortiqué, tout compris, et Elena lui fit un signe de silence pour qu'elle ne dévoile pas le secret de cet escalier débile. Argina à son côté et escortée de son garde du corps qui lui inspirait confiance, elle put affronter le vernissage sans trop souffrir de timidité et répondre sereinement à ceux qui désiraient parler avec elle.

Elle vit de loin circuler parmi les invités avec aisance la fameuse et flamboyante Vanessa, toujours accrochée au bras de Nathanael, un rire haut perché et sûre de son charme. Elle la détestait et était ulcérée qu'une personne comme Nathanael se prête à ce jeu-là. Comment pouvait-il bâtir une relation qui semblait très intime avec une telle cruche sophistiquée ? Et elle se mit à le détester lui aussi.

Par moments, à trois reprises, elle vit la mère de Nathanael tenter de se rapprocher d'elle, mais son garde l'avait noté également, sans qu'ils s'en parlent, et il s'était débrouillé pour l'attirer toujours plus loin, de façon à l'écarter d'eux. *Brave garçon*, pensa-t-elle, en lui adressant un petit sourire reconnaissant, une fois loin de cette harpie.

Pendant ce temps, Gus avait fait le ménage dans les cuisines ; deux hommes avaient tenté d'y pénétrer, déguisés en serveurs, et il les avait neutralisés discrètement en se demandant comment ils avaient pu passer le filtrage d'entrée. Chaque chose en son temps. Il alla prévenir Nathanael, sous prétexte de lui servir une boisson. Nathanael avait des traits de plus en plus tendus et peinait visiblement à garder un masque impassible.

Où qu'elle soit, Elena entendait le rire suraigu de l'oiseau endimanché résonner jusqu'à elle et elle serrait les dents encore davantage : elle détestait ce monde cruel et mensonger, dans lequel elle s'était retrouvée bien malgré elle.

À un moment, elle entrevit la mère de Nathanael tenter énergiquement de les rejoindre, certains invités s'étaient regroupés autour d'eux, mais cela fut insuffisant pour les stopper. Elena pressa le bras de son garde qui lui fit comprendre qu'il était conscient de sa tentative d'approche.

Alors, au ralenti, elle la vit plonger vers elle, tenant un couteau dirigé sur elle.

Le temps s'accéléra brusquement. Un des invités attrapa le bras de la vieille dame distinguée au vol. Au même moment, son garde fit rempart de son corps et fut blessé en neutralisant la femme survoltée. D'autres invités firent un cercle autour d'eux, ce qui permit de les isoler des autres, qui, indifférents à l'attroupement, continuaient à converser de façon policée.

La mère de Nathanael fut prestement et fermement entraînée vers d'autres bureaux, ainsi que le garde, pour qu'il puisse être soigné.

Elena demeura seule, statufiée, incapable d'articuler un mot.

Nathanael, de son côté, était discrètement sorti dans la même direction.

Dans la cohue qui suivit, les gens se bousculaient en tous sens, ne sachant où aller pour se trouver en sécurité, et Elena se sentit saisie en arrière par les bras, puis tirée fermement à l'écart. *Ce devait être des gardes du corps de la police*, se dit-elle tout en pestant contre la rudesse de leur traction. *C'est bon, la mère de Nathanael a été prise sur le fait, pas besoin d'en rajouter* ! pesta-t-elle. Mais les deux hommes en costume n'avaient pas l'air de vouloir plaisanter.

— Suivez-nous, nous vous mettons à l'abri.

Elena chercha du regard Nathanael, mais il avait disparu à la suite de sa mère. Les hommes continuaient à la diriger brusquement vers une petite salle qui donnait sur l'arrière-cour et Elena se résolut à les suivre. Le cauchemar était terminé.

Une fois qu'ils arrivèrent dans la salle, un des hommes ferma rapidement la porte à clef, tandis que le second l'assit brutalement sur une chaise tout en sortant une fine corde pour l'y attacher.

— Non mais, ça ne va pas ? Vous exagérez un peu ! tenta-t-elle de dire, avant qu'un tissu promptement sorti de la poche de son assaillant la bâillonne.

Elena sentit une nouvelle peur la gagner et tenta de se libérer frénétiquement de ses liens.

— Si vous bougez encore, je vous assomme, c'est clair ?

La voix était bourrue et agressive. Il ne semblait pas plaisanter du tout cette fois non plus.

— Tu te grouilles pour appeler Freddy, pas de temps à perdre ici, c'est truffé de flics, dit son agresseur à l'autre homme qui tapotait déjà sur son portable, l'air concentré.

Celui-là avait un regard encore plus déterminé et prêt à tout.

— Ils arrivent, fais-la sortir dans la cour, presto !

Les jambes flageolantes, Elena se sentit d'abord bousculée vers une table et ne put retenir un cri de souffrance quand elle sentit l'arête du meuble heurter sa hanche. Heureusement, le boîtier GPS de Nathanael amortit le choc. Le boîtier ! Elle devait évidemment l'activer avant qu'elle soit de nouveau immobilisée. Profitant de sa perte d'équilibre, elle se releva lentement et choisit une surface plane et fixe. Il fallait agir rapidement, pour presser les deux boutons en même temps. Elena choisit le mur voisin et s'y appuya de toutes ses forces en coinçant le boîtier contre la surface dure. Il fallait espérer que Nathanael capte le bip et pense à le regarder.

Déjà, elle était portée en courant vers l'extérieur où arrivait en trombe une camionnette blanche. Elle fut hissée sans ménagement comme un gros paquet, jetée sur un banc à l'intérieur de la fourgonnette, puis ligotée à nouveau. Ses mains furent collées à son ventre et ceinturées au dos de la paroi. Déjà, la camionnette s'éloignait du centre et roulait à vive allure, zigzaguant entre les voitures pour une direction inconnue.

Nous y sommes, c'est bien contre moi qu'ils en ont et, cette fois, je ne vois pas comment je pourrais m'en sortir, pensa Elena qui se sentait si ligotée qu'elle ne pouvait plus bouger.

Déjà, ses mains et poignets la faisaient souffrir à chaque cahot dans l'espace intérieur du fourgon, tandis que le véhicule roulait à toute allure. Pas de fenêtre, juste une petite lumière, venant de l'avant du fourgon à travers une petite vitre, donnait un repère dans l'obscurité terrifiante de l'espace. Des crissements de pneus incessants, quelques klaxons véhéments et l'impression d'aller vers un enfer terrifiant. Une odeur de cambouis nauséabond renforça son angoisse montante. Elle se sentait incapable d'avoir la moindre pensée cohérente. La réalité était pire que les scénarios d'horreur des films.

— Où allons-nous ? tenta de demander Elena pour se rassurer. Il doit y avoir méprise, je n'ai rien fait contre vous ! Je me nomme Elena et vous vous trompez de personne. Libérez-moi et je ne dévoilerai pas votre identité, je vous le jure !

— C'est pas toi qui poses les questions, ici, c'est nous ! répliqua l'homme le plus trapu, dont les muscles saillaient malheureusement bien trop sous sa fine chemise blanche de soirée. Et t'as intérêt à répondre avant qu'on perde patience, pas vrai, les gars ?

Des rires brutaux répondirent à sa question. Le second homme chauve savourait le moment enfin attendu.

— À qui t'as parlé de l'endroit, dis vite ?

— Que… quel endroit ? tenta de répondre Elena, tétanisée de peur.

Sans avoir eu le temps de la voir venir, une gifle brutale résonna dans tout son crâne. Elle ressentit une cuisante douleur envahir sa joue droite.

— Tu te fous de nous ? Joue pas ce jeu-là, petite, ça pourrait dégénérer salement. L'endroit où madame se prélasse et peinturlure en bayant aux corneilles, pardi.

Ils parlaient donc des Roches…

— À personne ! J'ai bien entendu la demande de mon amie Ariane et je l'ai respectée.

— Ah, la femme du boss ! Bonne nouvelle… mais pourquoi on voit toutes ces venues sur le site alors, puisque tu es si maligne ?

Le plus trapu, qui menait l'interrogatoire, avait sorti un long couteau pour le diriger vers elle. Elena réfléchit à toute vitesse. Pas possible, leur boss était donc celui qui dirigeait cette opération. Pourvu que le boîtier ait pu enregistrer cette information !…

— As-tu dit à cette femme ce que tu y as vu ?

— Non, on m'avait demandé de taire tout cela.

— C'est qui ce « on » ? On veut tout savoir !

Le ton était sans appel et Elena sentait le couteau se rapprocher inexorablement de sa gorge : la menace était claire maintenant.

— Tu vas parler, petite garce, ou je te saigne comme un mouton !

Perdu pour perdu, elle devait les faire parler, que cela serve au moins à Nathanael, encore qu'il lui faudrait retrouver son corps. À cette pensée, son cœur se souleva : elle était totalement seule, face à une mort certaine, sa nouvelle vie allait s'achever ici, loin de ses rêves illusoires. Ses amis l'avaient abandonnée, malgré leurs promesses de la protéger. Elle n'avait pas vraiment fait partie de leur monde, juste un pion pour faire avancer leur enquête.

À la pensée de Nathanael discutant de la situation avec son oiseau de paradis, elle baissa la tête. Son ridicule espoir s'était envolé, laissant la place à un constat désabusé sur sa vie. Elle avait eu l'arrogance de penser qu'il était possible qu'elle soit aimée pour ce qu'elle était. Bien fait pour elle si, au bout du compte, elle se retrouvait entourée de malfrats sans scrupules et déterminés à l'éliminer. Elle ne reverrait plus le soleil décliner sur l'eau de la rivière des Roches, pas plus que Nathanael, en qui elle avait entraperçu tant de qualités.

— Nathanael Nawthorn m'a demandé également de garder la connaissance de ce lieu secrète.

— Et c'est cet imbécile qui l'a menée vers nous ? Mais c'est pas vrai, on a les agents secrets sur le dos ! T'entends, Freddy ?

— On est coincés dans ce foutu embouteillage. Des flics sont venus dégager le bouchon et j'y comprends rien. Ils dégagent derrière et même sur les côtés, au lieu de dégager devant. De vrais débiles !… Non mais, tu vois ça ? Les voitures circulent sur les côtés et nous, on est coincés !

Il y eut alors un sinistre bruit de tôles fracassées à l'avant de la camionnette.

— Et maintenant, ils se percutent devant nous, c'est quoi cette bande d'enfoirés ?

La voix furieuse teintée de panique de Freddy emplissait tout le fourgon par la petite fenêtre.

— Reste calme, il faut se dégager et tout de suite.

— J'peux pas, les côtés sont bloqués !

— Alors recule à fond pour emboutir la voiture derrière et repousse-la pour trouver un espace ! Magne-toi ! Moi, je m'occupe d'elle, comme ça, on n'aura qu'à la jeter au fleuve, fissa, quand on passera devant.

Elena ferma les yeux un instant pour inspirer à fond. C'était la fin. Ses mains cherchèrent à décrocher le boîtier pour l'extraire de sa robe, avant qu'il soit lancé à l'eau avec elle. Ces crapules seraient dénoncées et la justice serait faite, lorsque les enquêteurs le retrouveraient après le drame. De toute façon, elle était un danger public pour tous ses amis : la situation serait plus facile à résoudre sans elle. Nathanael et Gus lui manquaient cruellement, elle aurait aimé leur dire au moins une fois combien ils étaient devenus chers à son cœur.

L'homme arma son revolver, le coup pouvait partir à tout moment.

Soudain, le téléphone de son interlocuteur sonna, l'empêchant de mettre sa menace à exécution. Après un bref échange, celui-ci tendit l'appareil vers son oreille.

— C'est pour vous !

Elena dut prendre sur elle pour ne pas hurler à l'annonce de cette nouvelle inquiétante.

— Bonjour, Elena. Tu nous as tous mis dans un sacré pétrin.

C'était la voix irritée de Marc, le mari d'Aurore. Il sembla faire un effort pour se reprendre et reprit d'une voix plus chaleureuse.

— Écoute bien ce que je vais te proposer, Elena. Après, ce sera trop tard, je le regrette beaucoup. Tu aimes aller dans ce lieu du Tiers, parce que tu en apprécies le côté secret, interdit. Comme le luxe de pouvoir vivre dans un espace en étant protégée de tous, à l'abri des autres. En fait, nous sommes un peu pareils, je le sais. Si tu le veux, je pourrais te protéger et te donner les moyens d'y revenir si tu te ranges de mon côté.

Elena, en pleine confusion, n'entendait plus que de très loin cette voix odieuse. Certaines de ses phrases l'avaient déstabilisée. Oui, elle désirait retourner peindre sur la corniche, mais était-ce lié à son côté secret, à ce qu'elle voulait protéger ? À l'abri de qui, finalement ? N'était-ce pas plutôt de personnes telles que lui, ce Marc ? Elle avait ressenti tant de joie à partager ce lieu avec Nathanael, leurs discussions incroyablement personnelles sur sa façon de voir à travers la peinture. Et ces rires durant leurs repas improvisés à la tombée de la nuit…

Elle avait aussi partagé ce lieu avec celle qui était devenue son amie, la profonde Argina. Partagé leurs cultures si différentes qui se rejoignaient pour tenter de dire l'indicible. Tous ces moments étaient de véritables trésors, impossibles à vivre dans le sentiment de peur perpétuelle des autres. Le secret ainsi vécu l'aurait maintenue dans un enfermement. Et pire encore, ceux qu'elle avait appris à aimer couraient maintenant le risque de subir le même sort qu'elle si elle n'y mettait pas fin, Dieu sait comment. À la pensée de sa corniche devenue un carrefour de mort, sali par des énergies de pouvoir et d'argent…

une corniche vidée de sa pureté fragile,

le monde attaqué une nouvelle fois par des forces de l'ombre,

un monde contraint de vivre dans la peur,

…elle interrompit le monologue de Marc qu'elle percevait dans un brouillard.

— Non, je ne veux pas me ranger à vos côtés, ce que tu fais me dégoûte vraiment ! Comment peux-tu croire que je te laisserai souiller ce lieu de beauté ? Marc, réfléchis, il est encore temps !

— OK, je dois rendre ce téléphone à mon gardien, je t'aurai laissé le choix. Dommage !

Un clic signala que la communication avait été interrompue. Un bref appel sur l'appareil repris par l'homme trapu qui hocha la tête et le silence revint, menaçant, dans l'espace étroit de la cabine.

— Tu croyais t'en tirer comme ça, avec tous tes sbires prêts à te défendre, poulette ? Mais on va bien voir qui est le plus fort. Tu es seule, tes amis t'ont laissée tomber et je donne pas cher de ta peau. Tu peux hurler tant que tu veux, j'ai des ordres pour t'éliminer et c'est ce que je vais faire. Après, on déguerpit, les gars, ça commence à sentir le moisi, ici !

Il pointa résolument son arme sur Elena qui la fixa, impuissante. Au moindre ressaut, la balle partait : Gus lui avait bien expliqué le maniement de cette arme. Les bras attachés à sa taille, elle-même immobilisée en arrière à la paroi de la fourgonnette, il ne lui restait que les mains de libre, bien inutiles dans le cas présent.

Le conducteur, dans le vacarme ambiant, ne dut pas entendre sa dernière phrase, car il recula violemment vers l'arrière pour tenter de se dégager une place et fuir le lieu trop encombré. L'homme chauve, surpris par le choc, alla valdinguer contre l'autre paroi et s'écroula, à demi assommé, à ses pieds. Son agresseur, surpris lui aussi par la violence du choc, perdit l'équilibre et, en trébuchant, tenta de s'agripper à ce qu'il rencontrait, son revolver toujours en main. Le premier objet stable rencontré fut les mains d'Elena, relevées au maximum, pour se protéger du heurt. Le coup allait partir : Elena sentit les mains de l'homme sur elle, de même que le revolver.

Dans un ultime sursaut de défense, elle arriva à agripper suffisamment le revolver malmené pour le retourner comme elle le pouvait vers une autre cible. Le coup partit et l'homme trapu s'affala au sol, touché par la balle perdue. Elena, les yeux agrandis devant la situation invraisemblable qui se déroulait sous ses yeux, entendit un bruit fracassant de tôles enchevêtrées, des hurlements venus de l'extérieur et vit la porte arrière éventrée par le choc, par laquelle s'engouffra un homme armé.

Gus était parvenu jusqu'à elle. L'homme chauve à demi assommé parvint à le viser et Gus tomba au sol, blessé, avant de pouvoir tirer.

— Gus, non ! hurla-t-elle.

Un autre homme surgit, telle une tornade, dans le minuscule habitacle devenu un théâtre cauchemardesque, ponctué de tirs sauvages. Elena vit au ralenti le chauffeur se retourner vers l'arrière et pointer son pistolet sur Nathanael, car c'était bien lui qui avait roulé au sol dans un corps-à-corps sauvage avec le second agresseur.

Prenant son élan, Elena repoussa violemment avec ses pieds remontés le bras du chauffeur qui pointait à travers la fenêtre de communication. L'arme tomba au sol dans un mouvement lent. Nathanael l'attrapa à toute vitesse et visa le chauffeur qui poussa un cri avant de disparaître de son champ de vision. D'autres hommes en civil firent irruption dans l'espace de plus en plus étroit du fourgon et menottèrent l'homme chauve, puis le second agresseur, blessé par son propre pistolet, qui geignait au sol. Ils les firent brutalement sortir du véhicule dans un concert hurlant de sirènes de police.

Nathanael se précipita vers Elena, la regarda brièvement pour s'assurer qu'elle n'avait pas de lésions sérieuses et utilisa un couteau avec des gestes fébriles pour la détacher.

— Elena, lui dit-il en la serrant dans ses bras, vous êtes vivante ! Dieu du Ciel, je n'ai jamais été si terrifié, parlez-moi, petit oiseau !

Elena ne pouvait que pleurer, effondrée dans ses bras qui formaient le seul écran protecteur qu'elle désirait.

— Quand vous aurez fini de roucouler, vous pourriez peut-être vous occuper de moi, nom d'un chien, marmonna Gus, mi-plaisantant, mi-geignant de douleur.

— Gus, vous êtes vivant ! hurla de joie Elena en se précipitant vers lui. Où êtes-vous blessé, que puis-je faire, mon ami ?

Elle le tâtait avec des mouvements maladroits pour trouver la blessure, tout en pleurant de joie.

— C'est bon, vous allez me faire pleurer, moi aussi, dit-il dans un sourire qui voulait cacher son émotion et en tentant de se relever. Ils m'ont blessé au bras et un bon garrot devrait suffire. Je n'en dirais pas autant de vous, vous êtes couverte de sang et avez un visage à faire peur. Vous êtes, vous aussi, blessée. Vite, du secours médical par ici !

Sa voix tonitruante eut son effet, car des secouristes apparurent immédiatement, bandant son bras et nettoyant les plaies d'Elena, recousant les plaies sur son cou. Pendant ce temps, elle tenta d'informer Nathanael et Gus des révélations faites par ses agresseurs.

— Tout est enregistré sur le boîtier GPS, ils se sont démasqués. Mais, maintenant, je voudrais revenir dans ma chambre, je suis épuisée. Merci de ne pas m'avoir abandonnée dans ce cauchemar vivant, j'étais morte de terreur.

Vanessa se présenta à l'arrière du fourgon, toujours en tenue affriolante. *Que vient-elle faire ici ? Elle ne nous laissera jamais tranquilles ?* se dit Elena en bougonnant. Elle avait dû avoir peur pour son Nathanael et venait le réconforter, sûre de son pouvoir.

— Je vous ramène chez vous, dit-elle d'une voix assurée.

— Il n'en est pas question ! s'entendit répondre Elena d'une voix vibrante d'indignation. Je reste auprès de ceux en qui j'ai confiance !

Un silence stupéfait accueillit sa réponse et le visage de Vanessa changea de couleur sous l'affront direct, mais Elena s'en fichait : elle était vivante et plus jamais elle n'accepterait de jouer un jeu contraire à ses sentiments. On pouvait entendre au loin l'agitation, les ordres criés et les pas précipités tout autour du fourgon. Nathanael et Gus, interdits, se regardèrent dans un échange muet.

— Bien, murmura Gus, vous êtes en état de choc et blessée. Je peux conduire en me servant de mon bras droit, maintenant que le garrot est posé, et je vous ramène, madame Lavallée, à la maison, c'est dit, conclut-il en faisant un clin d'œil rassurant à Nathanael, encore abasourdi par la violence de la réaction d'Elena, elle si douce d'ordinaire.

Elle sortit de la camionnette d'un pas qu'elle voulait déterminé, sans un mot de plus, et se dirigea lentement vers une voiture, accompagnée d'un nouveau garde du corps qui ne put l'empêcher de parvenir jusqu'à Gus. Gus était déjà près d'une voiture, comme elle s'y attendait, et donnait de nombreux ordres d'une voix qu'elle ne lui connaissait pas. Il semblait lui aussi préoccupé. Sa seule présence la rassura un peu et elle resta à l'intérieur, attendant qu'il la conduise là où elle voulait aller.

— Je suis au courant de tout. C'est un vrai coup de théâtre et nous ne nous attendions pas à un tel débordement. Vous avez été très courageuse et je regrette de m'être fait piéger par ce retournement de situation. Vous êtes en sécurité maintenant, lui dit-il affectueusement.

Pour ne pas montrer son ingratitude, elle préféra ne pas lui répondre qu'elle avait déjà entendu plusieurs fois cette phrase-là. Ils faisaient de leur mieux, elle avait fait de son mieux, mais maintenant, elle était déterminée à quitter ce lieu. Maintenant, tout de suite, plus exactement.

Gus la sentait au bord des larmes, mais farouchement décidée à quitter les lieux.

Par la fenêtre ouverte du véhicule, il donna encore quelques indications brèves à plusieurs personnes présentes, puis ils partirent vers le domaine sans prononcer un seul mot pendant un bon moment.

— Nathanael m'a autorisé à vous expliquer ce qui se passe, car il est très occupé à l'instant même pour faire placer sa mère dans une institution pénitentiaire psychiatrisée : elle n'en sortira plus jamais. Leurs rapports n'ont jamais été cordiaux, mais c'est un choc pour lui de réaliser qu'elle pouvait ainsi passer à l'acte. C'est un moment difficile pour lui, il avait voulu le faire dès la fin du dîner au manoir, le jour où elle vous avait violemment agressée verbalement, mais des appuis familiaux très influents s'y sont opposés, arguant que c'était seulement une vieille dame qu'il fallait garder dignement dans son environnement habituel. En fait, ces membres de la famille participaient à ce complot, par crainte que vous ne leur voliez l'héritage auquel ils s'attendaient, puisque Nathanael n'a pas d'héritier direct.

« Ce à quoi nous ne nous attendions pas, c'est que les deux personnes qui ont attaqué les serveurs pour leur voler leurs vêtements de travail étaient des cousins éloignés de Nathanael. Éloignés, mais proches par ordre de succession, en ce qui concerne l'héritage familial. C'est comme cela qu'ils ont pu passer le premier filtrage serré des invités. En les interrogeant, nous avons compris qu'ils avaient fait intervenir, dans leurs projets, des malfrats qui, en fait, étaient des agents de renseignements d'un pays étranger, protégeant les intérêts militaires de leur propre pays… Ceux-ci ont profité de l'aubaine de ce conflit d'héritage pour s'introduire dans certaines sphères de la société qui leur étaient jusque-là fermées. Et tout ceci pour préserver leur héritage futur !

Gus en écumait de rage : mettre en danger la sécurité d'un pays pour sauver leur héritage ?

— Que viens-je faire dans tout cela, moi ?

— Ils ont étroitement surveillé Nathanael et ont remarqué qu'il croisait souvent votre chemin ? Il serait même, paraît-il, entré plusieurs fois avec vous dans un bouge de la vieille ville.

Il la regarda en coin, mais elle ne nia pas le fait, en toute innocence. Quoi que Gus puisse penser d'elle, elle avait promis le secret à Nathanael : ce fils de vaurienne qui la faisait maintenant passer pour une traînée, alors qu'il paradait aux côtés d'une grue emplumée, c'était trop injuste !

Gus reprit son explication, un peu déçu par son silence :

— Ils ont donc pensé qu'il y avait romance sous roche, car Nathanael a très peu d'aventures féminines.

Quel toupet masculin, aucune aventure, vraiment ?

— Et donc, ils se sont inquiétés, de même que la reine mère du domaine, qui avait en plus enquêté sur votre arbre généalogique, ce qui rendait encore plus probable une alliance entre vous et Nathanael. Ils ont décidé de passer à l'action avant l'irrémédiable.

— Quel irrémédiable ? demanda Elena dans l'incompréhension la plus totale.

— Un mariage entre vous qui les aurait spoliés de ce qu'ils considéraient déjà comme leur dû.

— Mais c'est complètement absurde ! répliqua-t-elle, indignée, en regardant Gus.

— Ce qui l'est, ce qui ne l'est pas, qu'en sais-je ? répondit-il vaguement. Cela ne me regarde plus maintenant.

Elle en rougissait de honte et de révolte. Et maintenant, celui qui était devenu son ami et qu'elle respectait véritablement la croyait capable d'aller s'encanailler dans la vieille ville avec un homme riche, par intérêt pour son patrimoine. Elle ne dit plus rien, folle de rage et d'humiliation, jusqu'à leur arrivée au manoir. Elle envoya à Gus un bref bonsoir et monta sans un mot de plus dans sa chambre.

19

RIRE DU MONDE

Revenue dans sa chambre, Elena tournait comme un ours en cage, cherchant à calmer ses esprits. *Fuir, partir immédiatement*, se disait-elle fébrilement. Ici même, le calme et la confiance avaient explosé en miettes.

Après avoir longuement réfléchi, elle avait laissé une grande enveloppe sur le bureau de sa chambre au manoir, adressée à Nathanael. Elle contenait le premier album de poésie, ainsi que celui des poèmes de Pierce ; il en ferait ce qu'il voudrait, du papier pour envelopper les légumes, elle s'en fichait maintenant. Sa place n'était plus ici. Elle s'était fait piéger dans une aventure amoureuse perdue d'avance. Autant en convenir, elle se sentait beaucoup plus attachée à Nathanael qu'elle ne l'avait pensé : sa présence avait éclairé ses moments de doute et de solitude et elle en était devenue dépendante.

Tout en enlevant rageusement sa ridicule tenue de soirée couverte de sang séché et en tournant en rond de fureur, elle pensa à toutes les destinations futures éventuelles : une île au nord de l'Écosse, Terre-Neuve, la Patagonie, un lieu perdu et loin de ces nuisibles que sont les humains.

Comment avait-elle pu croire à un futur viable ici, parmi ses semblables ? Mais quelle idiote invétérée !

Elle avait été incapable de discerner ce qui n'était qu'illusion, une fois de plus, ne se fiant qu'à une intuition catastrophique. Tout n'était que mensonge et tromperie, et de cela au moins, elle en était bien sûre maintenant.

Et Nathanael qui lui parlait de psychologie féminine, si différente de la psychologie masculine, pour justifier l'incompréhension ? C'était trop facile, à la limite de la malhonnêteté ! Depuis quand une femme était-elle d'une race différente de l'homme ?

Elle se rappela qu'au cours de l'exposition, la gentille Claire était venue, rayonnante, vers elle :

— *Vous avez déjà vendu cinq de vos toiles, c'est le succès ! Je suis tellement contente pour vous. Si vous aviez vu la tête de Nathanael à chaque réservation avant l'achat, il se rengorgeait comme un paon, comme si c'était lui qui avait couvé vos toiles !*

Elle aurait donc une certaine somme pour avoir le temps de voir venir et prendre un billet d'avion… à destination lointaine, très, très lointaine. Ils se débrouilleraient sans elle pour la suite des ventes, ils lui devaient bien ça : elle aurait pu mourir déjà trois fois, ce qui était au-dessus de la moyenne humaine, statistiquement parlant.

Rassurée par le cours de ses décisions, elle prépara ses valises, les boucla au pied de son lit, ses vêtements de voyage soigneusement préparés sur une chaise. Une lettre plus petite rejoignit la grosse enveloppe, expliquant son besoin de partir pour retrouver un peu de sérénité, les remerciant de leur hospitalité. Elle leur laissait volontiers robes de soirée et chaussures d'oiseau perché, il ne restait à embarquer que la trousse de toilette au dernier moment.

Et, enfin, une route simple s'offrirait à elle, assez simple pour pouvoir effacer ces souvenirs de luttes de pouvoir.

Le lendemain matin, à son réveil, elle sentit une curieuse atmosphère ; elle n'était pas seule. Alors elle ouvrit immédiatement les yeux, tous ses sens en alerte à nouveau. Mais cela ne cesserait-il donc jamais ?...

Nathanael, l'air glacial, était assis dans le fauteuil de sa chambre et la regardait se réveiller.

— Que faites-vous ici ?

Ce fut la seule phrase stupide qui lui vint à l'esprit.

— Et vous donc, qu'êtes-vous en train de faire ? C'est censé être quoi, ce déménagement ?

— Je vous ai laissé une lettre sur le bureau pour vous l'expliquer, répliqua-t-elle d'un ton ferme.

— Une lettre d'explication, vraiment ! Mais que se passe-t-il dans votre tête de linotte ? Je vous devais une explication, vous m'en devez deux maintenant.

— Que vouliez-vous m'expliquer ? Dites-le-moi, sinon je sens que je vais de nouveau dire quelque chose d'impoli, que je regretterai ensuite.

— Impoli, départ, ordre ? Voilà que, vous aussi, vous me mettez hors de moi !

Le ton montait, loin de son flegme habituel.

— Parfait, dit-elle, nous sommes tous les deux dans la même situation. L'explication est trouvée : une lettre et deux valises. Pourriez-vous sortir pour que je me prépare ? Je veux partir tôt, continua-t-elle froidement.

— Mais enfin, vous venez de réaliser une belle exposition et j'ai tout mis en place pour que cela se passe bien… Je vous ai permis de revenir aux Roches dans les meilleures conditions possibles… Je m'évertue à vous protéger et à trouver les responsables… Et vous n'êtes toujours pas satisfaite ? En fait, je venais pour vous informer que nous avons enfin mis la main sur ce fameux commanditaire dissimulé derrière les attentats. Vous aviez raison quand vous me répondiez que la seule explication à cet imbroglio était la descente d'un stupide escalier. Je ne saurais jamais comment vous avez pu déjouer les codes protégeant cet espace de la corniche, mais le fait est que c'est votre présence régulière là-bas qui est la cause de tous nos problèmes.

— Comment cela ? dit Elena, stupéfaite par ces révélations.

— Figurez-vous, continua gravement Nathanael, qu'en venant visiter les ateliers du mari de votre amie, vous avez involontairement découvert un espace caché avec soin. Cet endroit, dissimulé sous un atelier de confection, était en fait un lieu de recel de diverses affaires frauduleuses, comme des armes, de la drogue et probablement de l'argent sale à blanchir. Qui plus est, ces agents avaient aussi dérobé un matériel militaire ultraconfidentiel qu'ils avaient vendu à des agents secrets étrangers. Ce matériel transitait par l'atelier des Roches avant d'être expédié à l'étranger : la rivière permettait une livraison très discrète. En revenant régulièrement dans leur planque et en déjouant les protections mises en place, vous avez mis en péril leur organisation frauduleuse. C'est vous, en fait, qui étiez visée lors du premier attentat à la galerie des Lilas, et non nous, comme nous le pensions alors. Ils désiraient vous faire disparaître pour que vous ne révéliez pas ce lieu et ce que vous aviez possiblement découvert. Et c'est cette méprise de notre part qui nous a d'abord dirigés vers une fausse piste au début.

« Nous avons pisté cet homme à son insu et réussi à le prendre sur le fait dans son local. Il a été en garde à vue, mais nous n'avions pu retenir aucune preuve contre lui. Il niait même avoir employé les travailleurs responsables de recel : ceux-ci auraient squatté son local. C'est l'enregistrement sur votre boîtier GPS qui a permis de faire enfin la lumière sur tout cela : une fois l'enregistrement entendu, il a avoué rapidement. Il sera sévèrement jugé et gardé pour longtemps en prison. Nous vous devons une fière chandelle, vraiment. Je peux maintenant vous dire que vous êtes réellement en sécurité. Sans vous, nous n'aurions pas découvert ce trafic dangereux. Mutray a été lui aussi impliqué dans cette affaire, attiré par l'argent proposé pour tenter de vous faire disparaître. Il a avoué également que Harry, le pauvre, a été corrompu à une période où il avait des problèmes d'argent. Mais il parlait trop de ses activités, notamment quand il buvait, et ils l'ont éliminé. Je m'en veux de l'avoir envoyé en Australie : il n'a pas su résister aux chants des sirènes.

— Mais c'est horrible ! ne put que souffler Elena, stupéfaite.

Tout s'éclairait effectivement.

— Comment peut-on en arriver là ? demanda-t-elle.

— L'argent peut être parfois un puissant moteur.

— Je vous remercie pour l'organisation de cette belle exposition, je vous suis reconnaissante de m'avoir permis de revenir aux Roches, mais vous rendez-vous compte du prix que cela m'a coûté ? Ou bien êtes-vous tellement satisfait de vous que vous ne comprenez pas ce que les autres ressentent ? J'ai été humiliée en public, poursuivie par des tueurs fous, on m'a traitée de prostituée qui vous attire dans la vieille ville, je suis enfermée avec la terreur au corps, et pire encore, je dois me déguiser en permanence pour essayer de me faire accepter, déclenchant des scandales partout où j'arrive ! Certaines personnes me détestent et je dois encore être témoin de vos marivaudages avec la plus stupide des femmes que j'ai jamais rencontrées !

— Vous !...

Il était maintenant vexé et furieux, et il la saisit brutalement aux deux bras.

— Vous êtes la plus énervante, la plus injuste, la plus égoïste, la plus entêtée, la plus exaspérante des personnes que j'ai jamais rencontrées !

Il la tenait fermement, à quelques centimètres de lui, accroché à elle comme pour ne pas perdre pied.

— Très bien, puisque c'est ainsi, vous n'êtes, vous, qu'un homme banal, médiocre, affligeant et manipulateur avec vos airs de grand seigneur ! Mais la qualité intérieure, elle, n'est pas là !

Aussi manipulateur que les autres hommes, ce dont j'aurais dû me douter.

Cette fois, il la fixa, abasourdi :

— Manipulateur ? Affligeant ? Mais pourquoi dites-vous cela ? Quel rapport avec les tueurs ?

— Aucun, encore que vous vivez dans un monde imprégné de jalousie, de pouvoir et de crimes. Je ne veux plus vivre dans cette atmosphère de méfiance et de cupidité, je ne veux plus vous revoir, vous et votre clique à plumes colorées, je ne veux plus mourir de peur et de honte. Laissez-moi partir, je vous en prie.

— Mais Gus m'a dit qu'il vous avait tout expliqué ? Nous avons démasqué les coupables et vous ne risquez plus rien !

— Ce que je risque, c'est d'être en contact avec un homme qui, sous des abords aimables, peut être plus dangereux qu'un tueur. Un homme qui souffle le froid puis le chaud, qui ne sait pas dire ce qu'il ressent et qui se joue des émotions des autres, comme une arme déguisée.

— Je ne comprends rien à ce que vous me dites… Vous me traitez maintenant de tueur, rien de moins ?

Elena était maintenant hors d'elle, ses paroles l'avaient devancée une fois de plus et elle devenait ridicule ; elle baissa la tête, incapable de se faire comprendre et s'assit sur le sol pour se mettre à pleurer silencieusement, appuyée contre le bord du lit et furieuse contre elle-même.

Nathanael lui avait tourné le dos et regardait par la fenêtre, les mains dans les poches, en essayant de reprendre un peu de son empire sur lui-même.

Un casse-tête chinois, un phénomène, peut-être, comme le disait Gus, mais un phénomène invivable, ingérable. Toutes ces émotions le dépassaient et lui faisaient regretter le calme de son bureau avant que cette enquiquineuse déplumée ne surgisse à l'improviste dans sa vie pour tout faire imploser.

Qu'elle s'en aille donc. Il en avait perdu le repos, son sommeil était semé d'horribles visions de tuerie avec Elena en ligne de mire. Il n'arrivait même plus à se concentrer sur ses dossiers, devenus ternes et ennuyeux ; sa vie, les événements qui le satisfaisaient auparavant ne l'attiraient plus.

C'était plutôt elle, la tueuse, en fin de compte et il allait lui dire ! L'agressivité ne lui était pas réservée ! Il reconnaissait cependant qu'il avait beaucoup exigé d'elle, sans peut-être l'avoir assez complimentée : était-ce par timidité mal placée ou par peur de se ridiculiser ? Mais manipulateur ? Là, elle exagérait vraiment.

— Pourquoi me traitez-vous de manipulateur ? Je ne comprends pas, s'il vous plaît, lui demanda-t-il, le dos toujours tourné.

— Vous êtes ambigu, cordial et proche, puis vous vous affichez avec une mannequin ridicule en m'ignorant complètement, lui répondit-elle d'une petite voix qui le fit se retourner.

Il la vit, assise au sol, une petite boule pelotonnée et cachée.

— Mais enfin, ce mannequin dont vous parlez méchamment, c'est Vanessa, un de nos meilleurs agents de sécurité ! C'est une tireuse d'élite, à qui j'ai demandé de jouer le jeu d'un couple rapproché pour éloigner les soupçons d'intimité entre vous et moi et pour m'épauler, en cas de danger. Elle est mariée et a deux petits enfants qu'elle adore ! Ne me dites pas que vous y avez vraiment cru ?

Elena ne bougeait plus, elle semblait malade, évanouie peut-être, et, paniqué, il se rapprocha d'elle et lui tapota l'épaule pour la secouer un peu.

— Ça va ? Dites-moi quelque chose ! dit-il d'une voix inquiète.

Lorsqu'elle leva la tête vers lui et qu'il la vit en pleurs, il ne put se retenir de s'asseoir par terre derrière elle et de l'attirer dans ses bras, comme une mère bercerait un enfant.

Il la sentit tremblante, glacée et se sentit soudain responsable de ce petit bout de femme fragile et dépendante de sa chaleur. Elle lui était devenue précieuse, il le réalisait maintenant, même indispensable, et il ne laisserait plus jamais quiconque tenter de l'éloigner de lui, leurs chemins étaient devenus un seul chemin. Il n'avait rien vu venir, rien compris. Les bras lui en tombaient : il était devenu amoureux…

Tout en la serrant plus fort contre lui, il lui murmura :

— Je vous demande pardon pour tout ce que je n'ai pas su dire. Je ne veux pas que vous partiez. Je vous veux près de moi et pour toute ma vie. Sinon, je crois que mon cœur pourrait tout simplement arrêter de battre. Je sais que j'ai beaucoup de côtés contrariants, autoritaires : acceptez-vous de m'aider à les corriger ? Avec vous, je crois que je le pourrais, je vous promets d'essayer de m'améliorer.

« Je veux partir avec vous à la pêche sur une barque.

« Je veux connaître vos enfants.

« Je veux des tableaux de vous sur tous les murs de ma vie, pour apprendre à contempler la beauté intérieure, celle qui traverse tous les murs du monde.

« Je veux vous sentir heureuse, confiante et vous protéger.

« Acceptez-moi comme je suis, je vous en prie.

« Vous êtes la personne la plus exaspérante que je connaisse et pourtant, vous êtes aussi la personne qui m'est la plus indispensable.

Elena ne se lassait pas d'écouter toutes ses paroles ; chacune avait sa touche de couleur. Elles se complétaient et s'ajoutaient les unes aux autres, se parlaient entre elles, chacune indispensable et unique, pour un tableau qui ressemblait étrangement au tableau de sa vie rêvée.

— Je voudrais encore plus de phrases gentilles. Il y a un arriéré énorme, dit-elle tout bas.

Il éclata de rire, ému aux larmes de son assentiment, et lui dit encore :

— Je veux aussi m'énerver contre vous, vous contrarier par jeu, vous provoquer, vous taquiner, vous exaspérer, je veux que vous pleuriez encore contre moi pour que je puisse vous consoler. Je veux que vous soyez hors de vous et que vous vous sentiez heureuse d'être alors vous-même.

— Voilà. C'est ce qui me manquait, dit-elle, moqueuse.

— C'est vrai de vrai, ajouta-t-il.

— Juré craché, je noterai tout cela sur un document pour vous le faire signer !

Alors, elle se recroquevilla encore davantage contre lui. Elle avait trouvé son vrai promontoire, sa vraie maison. Le Rire du monde avait enfin rencontré l'eau des Roches blanches.

FIN

REMERCIEMENTS

Réellement, je pensais qu'écrire un roman était un travail solitaire, mais je réalise combien je dois à tant de personnes qui m'ont accompagnée et soutenue tout au long de ce travail. Je comprends mieux l'importance de les nommer et de les remercier publiquement comme ils le méritent.

Remerciements à la solaire Emmanuelle pour son accompagnement patient (il en fallait, de la patience !!) et toujours constructeur, à la pétillante Julie qui a su conjuguer écoute et professionnalisme pour participer à la couverture avec brio, à Bénédicte, qui a su, une fois de plus, m'accompagner sur un tronçon de vie, brillante et efficace !

Reconnaissance émerveillée à Dominique qui a su si bien décrypter le chemin du roman, de par ses grandes qualités de coach, et me faire découvrir les similitudes de ce chemin avec celui d'une hypersensible ou haut potentiel, pour réaliser que cela était également une chance !

Merci à Catherine, pour sa relecture éclairée, qui m'a également apporté, merci à Corinne qui a su, la première, m'inciter à écrire.

Charlie m'a affranchie de beaucoup de mes réticences à l'internet, en sachant résoudre mes difficultés ubuesques dans ce domaine, merci à toi, pour ce partage des méandres informatiques !

Merci à Marilyne pour son professionnalisme sur le site, Daniel pour ses compétences informatiques irremplaçables.

Remerciements aussi à Leslie pour sa mise en page chaleureuse et professionnelle.

Je remercie également tous ceux qui ont dû m'écouter encore et encore parler de ce roman, qu'ils m'en excusent !

Un grand pardon à celles et ceux que je n'ai pas cités, mais qui sont dans mon cœur.

Un grand merci à tous ceux qui prennent le risque de lire un premier roman ; nous ouvrons, je l'espère, un nouveau chapitre ensemble !

SOMMAIRE

Printed in Poland
by Amazon Fulfillment
Poland Sp. z o.o., Wrocław

75394575R00152